L'EROE INVISIBILE

ISBN 978-88-6656-140-8

www.edizioniel.com

Luca Cognolato Silvia del Francia

L'EROE INVISIBILE

Einaudi Ragazzi

A Davide, a Emma,
a Giacomo, a Tommaso.

Si dice che l'occasione fa l'uomo ladro. Ecco, di me ha fatto qualcos'altro.

Giorgio Perlasca

1. Acqua gelida

Immobile e scalza sulla sponda del fiume, Helga fissa i lastroni di ghiaccio coperti di neve trascinati dalla corrente. Nuvole di piombo chiudono il cielo e l'avvolgono in un cupo grigiore, mentre il vento le brucia il viso.

Un tremore comincia a scuoterla, le fa piegare le ginocchia, quasi le impedisce il respiro. Vorrebbe urlare, vorrebbe correre via, scappare, e invece resta ad ascoltare il cuore che martella violento dentro alle orecchie.

Batte i denti e aspetta.

Con del filo di ferro legano il suo polso a quello dell'uomo che le sta a fianco.

Un ordine secco, urlato.

Il colpo di pistola esplode alle sue spalle, vicinissimo alla testa, ed è strano, perché non sente alcun dolore. Strattonata in avanti, precipita a occhi spalancati nell'acqua gelida, dove tutti i suoni spariscono, e il corpo a cui è legata la porta semplicemente verso il fondo.

C'è un silenzio che fa paura. L'acqua le schiaccia il petto, le blocca il respiro. Agita forte le gambe per tornare verso la luce, verso l'aria, apre la bocca e tutto scompare.

Helga si svegliò, ansimando in cerca d'aria, con il sudore che la bagnava e le mani che annaspavano.

«Era soltanto un brutto sogno», si disse.

Una cosa cosí orribile non sarebbe mai potuta accadere nella realtà.

2. Corsa alla stazione

Budapest, inverno 1944. Una Buick nera, con due uomini a bordo, comparve all'improvviso procedendo, a gran velocità. Le ruote facevano schizzare la ghiaia contro i cumuli di neve ghiacciata ai lati della strada e per due volte l'autista rischiò di perdere il controllo; a ogni curva i due vessilli gialli e rossi sembravano sul punto di essere strappati via dai parafanghi.
Lo spagnolo sul sedile posteriore guardava nervosamente fuori dal finestrino e incitava a far presto, mentre il cielo prometteva altra neve.
L'auto fu condotta dentro il recinto della stazione, fin quasi ai binari, e lí, ammansita, terminò la sua corsa con uno stridio di freni.
– Signor Jorge, siamo arrivati troppo tardi, – disse l'uomo al volante.
Lo sportello si spalancò, come se un turbine di vento, rimasto fino a quel momento intrappolato dentro l'abitacolo, si liberasse; un uomo alto e biondo, sulla trentina, si lanciò fuori dall'auto e, urlando in un ungherese stentato, raggiunse la folla di persone pronta a partire, lasciando l'autista ad aspettarlo col motore acceso.
A fianco del lungo convoglio, i soldati stavano facendo salire sui carri merci uomini, donne e bambini che arrivavano in fila: li spingevano piantando i calci dei loro fucili contro le

schiene, urlando e bestemmiando. I piú lenti, o quelli che scivolavano, venivano colpiti alla testa con rabbia.

Jorge s'infilò tra loro; stringendo un fascio di fogli in mano, cominciò a scrutare le facce di quelli che stavano avanzando in fila lungo il binario o già si trovavano davanti ai vagoni, pronti a salire. I soldati tedeschi che caricavano i prigionieri sul treno lo guardarono sorpresi, senza sapere che fare. Come se non fosse già abbastanza alto, ogni due passi si sollevava sulla punta dei piedi, per individuare un viso nella folla. Era difficile riuscire a fermare uno sguardo, riconoscere un volto. Rimase immobile, piantato sul binario, con un'espressione delusa e disperata.

– Troppo tardi, – gli sfuggí in italiano dalle labbra.

Nessuno dei prigionieri infreddoliti osava parlare o protestare; qualcuno piangeva rassegnato. I soldati contavano le teste di quelli che venivano caricati: a ottanta ogni vagone veniva chiuso e sigillato.

Non sapeva piú cosa fare. Intanto le fauci del convoglio, cosparse di paglia, continuavano ad aprirsi e a inghiottire persone.

A un tratto, Jorge sembrò risvegliarsi: con un gesto fulmineo, afferrò per un braccio due gemelli che stavano passando in fila davanti a lui.

Erano due ragazzini dai capelli scuri e riccioluti, assolutamente identici, che si tenevano per mano, con un'espressione terrorizzata negli occhi.

Prima che qualcuno dei tedeschi provasse a fermarlo, li trascinò verso la sua macchina, li spinse dentro in fretta e richiuse lo sportello, appoggiandovisi contro.

Quando vide arrivare il soldato che li aveva rincorsi, si piazzò davanti all'automobile.

– Li faccia scendere immediatamente! – Il militare lo minacciò con il fucile.

Lo spagnolo alzò la mano che stringeva i documenti e rispose in tedesco: – Questi due sono protetti dal governo di Spagna. Nessuno può toccarli.

I suoi occhi azzurri sembrava mandassero scintille. Era piú alto dell'uomo armato e sicuramente piú importante. Quello, non sapendo che fare, si fermò e si guardò attorno alla ricerca di aiuto. Arrivò allora a grandi passi un ufficiale, che avvicinandosi portò una mano alla cintura, vicino alla pistola.

– I due ragazzi sono protetti dal governo spagnolo! Sono Jorge Perlasca, un funzionario dell'ambasciata di Spagna, – urlò, mettendosi tra l'ufficiale e lo sportello dell'auto, ma quello sembrava non averlo nemmeno udito e cercava di raggiungere la maniglia per aprire la portiera.

I due ragazzi, rannicchiati sul sedile, fissavano attoniti tutta la scena.

– Questa macchina è come se fosse territorio spagnolo! Lei non può aprire lo sportello. C'è l'extraterritorialità.

L'ufficiale, esasperato, estrasse la pistola e gliela puntò contro.

– Adesso basta! Apra immediatamente! È un ordine.

Sembrava volesse proprio spararsgli in faccia, lí davanti a tutti. Jorge ebbe la sensazione che il tempo stesse rallentando, fino a fermarsi per sempre; fissava l'ufficiale senza battere ciglio: la paura della morte imminente non sembrava turbarlo, né convincerlo a eseguire quello che gli veniva ordinato. I ragazzi trattennero il fiato.

Raul Wallenberg, un diplomatico svedese che aveva osservato tutta la scena, si avvicinò e si rivolse bruscamente all'ufficiale. – Lei non si rende conto di quello che sta facendo: aggredendo quest'uomo è come se aggredisse la Spagna. È una cosa molto grave. Lei sta attaccando un Paese neutrale e per di piú amico del suo governo. Si fermi, finché è in tempo.

Alle sue spalle, tutti i vagoni ormai erano stati chiusi e sigillati – tutti tranne uno, in attesa di caricare gli ultimi due prigionieri. Facce pallide spiavano da dietro le griglie quello che stava accadendo; qualcuno si lamentava sottovoce, spingendo le dita fuori dalle grate dei finestrini.

L'ufficiale, sempre con la pistola in pugno, rimase sorpreso per un attimo, incerto se minacciare anche Wallenberg; poi, imprecando, disse allo spagnolo: – Lei sta ostacolando il mio lavoro. Le ripeto: mi restituisca quei due ragazzi immediatamente!

– E questo lei lo chiama lavoro?

Il diplomatico spagnolo aveva la faccia vicinissima a quella dell'ufficiale; ci fu quel silenzio carico ed elettrico che precede lo scoppio della furia.

Arrivò ad ampie falcate un colonnello delle SS, con lo sguardo seccato di qualcuno a cui stessero facendo perdere tempo e che volesse trovare il responsabile al piú presto; appena vide il superiore, l'ufficiale ripose la pistola nella fondina, fece il saluto militare e spiegò il perché del ritardo, cercando di usare il minor numero di parole possibile.

Perlasca, senza che nessuno glielo avesse chiesto, ripeté che l'automobile era territorio spagnolo e che nessuno poteva entrarci senza permesso; l'altro allora ricominciò a protestare e avrebbe parlato ancora, se il colonnello non gli avesse fatto cenno di tacere. Guardò i due uomini in piedi davanti allo sportello dell'auto.

– Chi c'è in macchina? – chiese.

– Due protetti del governo di Spagna, catturati per errore. Stavano per essere caricati su questo treno, contrariamente alle disposizioni del Ministero degli Esteri ungherese, – disse Perlasca.

– E lei è?

– Jorge Perlasca. Rappresento l'ambasciata di Spagna.

– Via, partire. È già tardi, – l'alto ufficiale ordinò ai militari. Poi, rivolgendosi di nuovo allo spagnolo: – Se li tenga pure questi due, tanto il momento arriverà anche per loro, – e se ne andò, voltandosi di scatto.

Alcuni ordini rauchi urlati, un fischio lungo, lo stridio delle ruote metalliche e, pochi minuti dopo, il treno era sparito, con tutti gli uomini, le donne e i bambini che aveva ingoiato. Perlasca rimase immobile, mentre i binari ritornavano deserti e i soldati risalivano ordinatamente sui camion.

– Signor Perlasca, mi permetta di congratularmi con lei, – Raul Wallenberg si avvicinò con la mano tesa, dopo essersi sfilato un guanto. – Mi era giunta voce dei suoi modi sbrigativi, ma questo supera ogni mia aspettativa. Complimenti.

Perlasca si voltò verso lo svedese e gli strinse la mano, con quell'aria delusa di chi non è riuscito a fare fino in fondo quello che aveva progettato.

– La ringrazio per l'appoggio che mi ha dato poco fa... purtroppo sono arrivato troppo tardi per salvare alcuni dei miei protetti.

Wallenberg si concesse un sorriso, prima di rispondere: – Ma ha salvato questi due ragazzi e sa chi era quel colonnello tedesco? No, immagino proprio di no. Quello era Eichmann. O, piú precisamente, Adolf Otto Eichmann, *Obersturmbannführer* delle *Schutzstaffel*. Le SS raccolgono gli esponenti piú fanatici dei nazisti tedeschi. È lui l'organizzatore della soluzione finale: l'uomo che, in pochi mesi, ha deportato quasi tutti gli ebrei ungheresi ad Auschwitz e adesso vuole finire l'opera qui a Budapest, – disse Wallenberg, dandogli un colpetto sulle spalle. – Ero sicuro che le avrebbe sparato. E poi avrebbe sparato anche a me. Io ho pagato perché mi consegnassero un gruppo di prigionieri. Lei ha avuto due vite in cambio del suo coraggio.
– Ho solo ascoltato la mia coscienza. Semmai si è trattato di egoismo: se non avessi fatto nulla oggi, il rimorso mi avrebbe accompagnato per tutta la vita.
Wallenberg sorrise e insieme percorsero un tratto della banchina dello scalo merci, mentre le mani di Perlasca tremavano ancora impercettibilmente.

3. Ritorno in auto

– È da quel maledetto 1 settembre del '39 che l'Europa non è piú la stessa, – si lamentò l'autista che, dopo quello che era successo, sentiva il bisogno di chiacchierare. – Da quando Hitler ha invaso la Polonia, niente è piú stato come prima. E adesso non resterà piú nulla nemmeno di Budapest e dell'intera Ungheria.

Jorge non rispose, impegnato a scrutare le vie laterali alla ricerca di possibili pericoli in agguato, mentre la paura appena provata faticava a dissolversi. Si girò a rassicurare con un sorriso i due gemelli, raggomitolati sul sedile posteriore.

– Uno zio di mia moglie, che viveva in Polonia nei giorni dell'invasione tedesca, ha visto sfilare tanti di quei camion, carichi di soldati, e carri armati e cannoni trainati da jeep... In pochi giorni sono riusciti a occupare tutta la Polonia occidentale, – continuò imperterrito l'autista, prendendo una curva un po' troppo velocemente e urtando un cumulo di neve a lato della strada. – L'esercito polacco non riuscí a fermarli perché, nel frattempo, si erano aggiunti anche gli aerei tedeschi. Resistettero un mese, aspettando l'aiuto promesso dai francesi, che non arrivò mai, e alla fine furono costretti ad arrendersi. Chi ha cercato di ribellarsi è stato ucciso subito. Lo zio di mia moglie allora è scappato in Francia e ce l'ha fatta per un pelo. Chi avrebbe mai potuto immaginare una tragedia del genere?

– Non si può dire che la guerra sia arrivata del tutto inaspettata. Prima della Polonia, Hitler aveva aggredito quasi tutti gli Stati che confinavano con la Germania, – intervenne Perlasca.
– Sí, ma tutti pensavano che bastasse accontentarlo, per impedire che scoppiasse una nuova guerra. Invece la guerra è scoppiata lo stesso e da quel giorno è andata sempre peggio. E adesso siamo a questo punto: i tedeschi comandano in quasi tutta l'Europa e a marzo sono arrivati anche qui in Ungheria, – l'autista per fortuna rallentò, affrontando un tratto di strada coperto di ghiaccio e neve sciolta.
– I segnali c'erano stati, – Perlasca cominciò a contare sulle dita. – L'esercito tedesco in pochi anni è stato potenziato in soldati e armamenti e nel 1936 è tornato in Renania, al confine con la Francia, anche se gli accordi di pace vietavano che ci fossero movimenti di truppe tedesche in quella zona. Nel '38, poi, Hitler si è annesso l'Austria, con l'aiuto dei nazisti locali e il consenso dell'Italia di Mussolini, e nessuna potenza europea ha veramente protestato. Non dimentichiamoci che, subito dopo, ignorando gli accordi di pace sottoscritti da lui stesso, ha occupato anche la regione dei Sudeti e quasi tutto il resto della Cecoslovacchia... e anche allora inglesi e francesi si sono limitati a minacciare un intervento. Hitler voleva la Polonia da sempre, non l'ha mai nascosto.
– Forse questo lo sapeva chi viaggia per il mondo... – l'auto attraversò un incrocio deserto.
– Bastava leggere il *Mein Kampf*, quel libretto che Hitler aveva scritto nel '24, mentre era in carcere per il tentativo fallito di colpo di stato, – Perlasca si voltò verso l'autista.

– Secondo i suoi piani, l'Europa dell'Est doveva essere per la Germania una grande riserva, dove prendere materie prime e manodopera a basso costo: lo *spazio vitale* per i nuovi dominatori del mondo, una terra da cui i tedeschi avrebbero preso i loro schiavi. Sarebbe quindi nata una Grande Germania, l'unione di tutti i territori in cui si parla tedesco, che avrebbe dominato il mondo. Questo era il suo sogno e lo sapevano persino i sovietici, che Hitler odiava perché erano i nemici comunisti. Invadere la Polonia era il passo indispensabile per riunire quei territori tedeschi che erano stati separati dalla Germania, e cosí si sarebbe aperta una porta per impossessarsi di tutte le materie prime, che a est...
– Bravo. È proprio questo il punto. Hitler ha bisogno di materie prime e di lavoratori a basso costo per le sue fabbriche. Ha bisogno di schiavi, ben detto. È cosí che i tedeschi vedono gli altri popoli. Schiavi, ecco cosa siamo tutti noi, per loro: semplici schiavi! – continuò l'autista.
Il diplomatico provò a dire qualcosa, ma l'autista diede una forte accelerata, che gli azzerò le parole.
– E quel tale, lo zio di mia moglie, quando la Francia ha dichiarato guerra alla Germania, mi scrisse tutto allegro che stavolta Hitler avrebbe abbassato la testa. Invece, a pochi mesi dallo scoppio della guerra, l'esercito tedesco è entrato a Parigi, mentre gli inglesi, accorsi in aiuto dell'alleato, sono stati costretti a reimbarcarsi e rientrare in fretta a Dover, con quel poco che restava dell'esercito francese.
Avvicinandosi a un incrocio, l'auto fortunatamente rallentò.
– Pochi mesi e la Francia praticamente non esiste piú: divisa a metà dai tedeschi, con Hitler che se la rideva a Versailles. E

tutte le città inglesi sotto le bombe della *Luftwaffe*. Speriamo che almeno loro non si arrendano. E nemmeno l'America. Lei cosa ne pensa?

Non ci fu il tempo materiale per rispondere: l'autista aveva già ripreso a parlare.

– È una guerra brutta per tutti, ma la peggio ce l'hanno loro, – lasciò una mano sola a stringere il volante, per indicare con l'altra i due ragazzini seduti alle sue spalle. – In ogni paese conquistato, in ogni città, persino nelle campagne, l'esercito tedesco raduna tutti gli ebrei e li manda nei campi di lavoro.

– Hitler, in cambio dell'aiuto al governo ungherese, ha preteso obbedienza e leggi contro gli ebrei, – riuscí a dire Perlasca, fissando la carreggiata che sembrava ondeggiare. – Lo aveva detto chiaramente: non c'è posto per ebrei vivi nel mondo che lui sogna, dominato dal nuovo regno, il Terzo Reich... Qui è meglio rallentare, la strada sembra scivolosa...

– I tedeschi dicono che hanno perso la Grande Guerra perché sono stati traditi dagli ebrei, che la colpa di tutti i mali è solo loro... – l'autista sembrava non aver sentito il consiglio dell'altro.

– Per Hitler gli ebrei sono una scusa a portata di mano per ogni problema della Germania. Per lui sono cosí ricchi da volere una guerra e cosí poveri da volere una rivoluzione, – Perlasca deglutí, vedendo il muso dell'auto sfiorare pericolosamente il retro di un carretto trainato da un mulo.

– Ormai tutti sanno che i reparti speciali delle SS, i soldati di cui Hitler si fida di piú, radunano uomini e donne e bambini in tutta l'Ungheria, per trasportarli con i carri bestiame fino

ai campi di concentramento. Non importa che siano banchieri o manovali, vecchi o giovani: persino i neonati sono ritenuti colpevoli e vanno eliminati con ogni mezzo.
Perlasca si riscosse al pensiero che, alle loro spalle, ad ascoltare riflessioni tanto cupe, ci fossero due ragazzini e si girò per rassicurarli.
– Di dove siete? – chiese con gentilezza a quello che aveva un po' di peluria sul labbro superiore.
– Di qui.
– Come facciamo a ritrovare i vostri genitori?
I gemelli rimasero in silenzio, poi fu l'altro a rispondere:
– Sono stati presi ieri dai soldati.
La voce era diversa, piú dolce. Solo allora Jorge si accorse che in realtà erano un maschio e una femmina, di undici o dodici anni.
– Domani andremo a chiedere notizie alla Croce Rossa. Intanto dirò alla signora Tourné di occuparsi di voi e di darvi qualcosa da mangiare. Avete fame?
I due finalmente sorrisero e sembrarono illuminarsi.

4. Una mucca in città

La mattina seguente, Perlasca guardò fuori dalla finestra della sua stanza: uno sprazzo di sole invernale illuminava l'erba di un misero giardino. Una mucca solitaria, dalla schiena magra, con le ossa spigolose sotto al pelo bruno, brucava una stretta chiazza d'erba e ogni tanto alzava il muso a guardare la strada. Chissà com'era arrivato in città quel povero animale spaesato.
Senza che se ne accorgesse, gli scappò un sorriso e si trovò a ripensare a quello che gli era capitato.
Perlasca non aveva mai visto cosí tante mucche e vitelli come al suo arrivo in Ungheria, due anni prima, nel 1942: intere praterie cosparse dai dorsi pelosi di grandi mandrie con il muso a terra, sempre prese dal loro brucare e ruminare; animali bene in carne, di sicuro non ossuti come quella vecchia bestia.
Era stato proprio quello il motivo per cui la SAIB di Roma, la ditta per cui lavorava, lo aveva mandato da Trieste, dove viveva con la moglie Nerina, in Ungheria: in quel paese alleato poteva comprare carne.
Fare l'agente di una ditta che importava bestiame non era male: si trattava di girare per città e campagne – Zagabria, Belgrado, Sopron... – sempre piú lontane, fare due chiacchiere con gli allevatori, bere insieme un bicchiere, comprare

bestiame e spedirlo in patria con la ferrovia; lí gli animali sarebbero diventati bistecche e cibo in scatola, anche per quegli italiani che venivano mandati in giro per l'Europa come soldati.

Dopo aver combattuto in Africa e come volontario nella guerra di Spagna, l'epoca delle battaglie per lui era finita, e tutto sommato era un bene, perché faceva sempre piú fatica a credere che chi comandava avesse sempre ragione. Era rientrato in Italia e aveva cercato lavoro, finché non aveva scoperto che il commercio della carne gli riusciva bene: lo stipendio era garantito, poteva visitare città lontane e conoscere gente che mai avrebbe incontrato altrimenti. E in Ungheria, nel 1942, quando era arrivato per la prima volta, si poteva ancora vivere bene, rispetto al resto d'Europa: i negozi avevano scaffali colmi di beni da acquistare e le pasticcerie erano illuminate e ben fornite di *rétes*, di *mákos guba* ai semi di papavero e di *bejgli* ripieni di noci.

Si ricordava benissimo la sera dell'8 settembre del 1943, quando l'Italia aveva firmato un armistizio con gli inglesi e gli americani, decisa a uscire dalla guerra, dopo che già dal mese di luglio si erano succeduti giorni di grande confusione politica, con l'arresto di Mussolini ordinato dal Re. Perlasca, quella sera, stava cenando al ristorante dell'albergo dove soggiornava, uno qualsiasi dei tanti rispettabili agenti di commercio che risiedevano in città, quando un cameriere che lo conosceva, portandogli il caffè, commentò sorridente: – Beati gli italiani, signor Perlasca: per voi la guerra finisce oggi.

Guardò il cameriere senza capire, con la tazzina già sollevata verso le labbra.

– La radio ha annunciato che l'Italia ha firmato un armistizio: la guerra per voi è finita, – ripeté il cameriere.
Un altro italiano, seduto a un tavolino lí accanto, propose un brindisi, sollevando il suo bicchiere di tokaji: – Allora in alto i calici, festeggiamo!
Ma a Perlasca sembrava tutto troppo bello per essere vero.
– E cosa hanno detto i tedeschi, quando hanno saputo che l'Italia ha firmato la pace con quelli che erano i nemici? – chiese al cameriere, sapendo bene che i vecchi alleati degli italiani non avrebbero accettato una soluzione del genere. L'uomo si voltò alzando le spalle e si allontanò per sparecchiare due tavolini piú in là.
– La guerra contro inglesi e americani è finita, ma adesso inizierà quella contro i tedeschi, – disse Perlasca guardando il vicino che brindava in piedi. – C'è poco da festeggiare, mi creda.
Nei giorni successivi, infatti, Hitler aveva organizzato un *blitz* aereo per liberare Mussolini e nel Nord Italia era nato un nuovo stato fascista: la Repubblica di Salò, alleata della Germania. L'Italia, alla fine di quel settembre 1943, era divisa in due: al sud l'Italia del Re, che cercava la pace con gli Alleati, al nord la Repubblica fascista di Salò, con a capo Mussolini, completamente agli ordini di Hitler.
L'idea di andare a combattere per i tedeschi Perlasca l'aveva esclusa da tempo. Erano troppi gli amici ebrei a Padova, a Fiume, a Trieste per poter condividere le leggi razziali emanate da Mussolini, capo del governo italiano, di cui peraltro aveva perso la stima già quando l'Italia si era alleata con la Germania di Hitler. L'Europa non aveva certo bisogno di

un'altra guerra. Aveva scelto quindi di restare fedele al Re e di non riconoscere il nuovo Stato fascista della Repubblica Sociale di Salò: per questo motivo era stato internato nel distretto di Körmend.
Quando il Reggente d'Ungheria, nell'ottobre del 1944, aveva cercato di trattare una pace separata con i sovietici, l'esercito germanico aveva occupato Budapest e costituito un nuovo governo ungherese filonazista, guidato da Szálasi, capo del partito delle Croci Frecciate. A quel punto Perlasca, considerato il pericolo di finire deportato in Germania, era fuggito dall'internamento e aveva raggiunto Budapest.

5. L'ambasciata di Spagna

Da quel momento, Perlasca era stato costretto a nascondersi, a dormire ogni sera in un luogo diverso per non essere catturato dalle SS e dai soldati, che davano la caccia come traditori a tutti gli italiani fedeli al Re. Ovunque si vedevano morti abbandonati per le strade di Budapest e si vociferava di arresti e sparizioni. Restare in quella città voleva dire rischiare di essere arrestato e magari ucciso, ma divenne chiaro a Perlasca che non sarebbe mai riuscito a fuggire e a ritornare in Italia con le sue sole forze, visto che anche l'ambasciata italiana era controllata dalle SS.

Quando ebbe esaurito tutti i nascondigli possibili e non era rimasto piú nessuno che potesse aiutarlo, si ricordò di aver ricevuto una lettera firmata dal generale Franco per la sua partecipazione alla guerra di Spagna: forse era arrivato il momento di controllare se quella vecchia promessa, scritta su un pezzo di carta rovinata, fosse ancora valida.

La lettera, un unico foglio, era conservata tra le ultime cose che era riuscito a portare con sé, passando da un nascondiglio all'altro. In quelle poche righe di ringraziamento il governo franchista gli prometteva aiuto in qualsiasi parte del mondo si fosse trovato, e quello era proprio il momento di chiedere aiuto.

Con la lettera in tasca, Perlasca si avventurò per le strade, camminando lungo i muri, facendo attenzione a evitare i soldati armati che pattugliavano le strade e i colpi di fucile che arrivavano dalle finestre, deciso a raggiungere l'ambasciata di Spagna vivo e libero. Avanzava con paura, guardandosi alle spalle, tra le case che avevano fori di proiettili sul muro o le imposte scheggiate dalle esplosioni; dovette cambiare spesso strada, ogni volta che vedeva qualcuno controllare i documenti dei passanti.

Si sentivano spari, urla in lontananza; alla fine di una stretta via fu costretto a scavalcare il corpo di una donna immerso in una pozza di sangue.

L'ambasciata di Spagna era in un bel palazzo antico, che esponeva una grande bandiera rossa e gialla, con un portiere in divisa a controllare chi entrava.

– Dove crede di andare? – lo fermò bruscamente.

– Devo vedere il primo segretario della legazione di Spagna, il signor Sanz Briz, urgentemente.

– Non si può entrare, l'ambasciatore oggi non riceve.

– L'ambasciatore mi conosce personalmente, mi faccia passare.

L'uomo non aveva nessuna intenzione di cedere e Perlasca fu costretto a spingere la porta per entrare nel palazzo. Il portiere cercò di afferrarlo, ma lui aveva già cominciato a salire le scale, dove quasi si scontrò con una signora con una cartella piena di fogli tra le braccia.

– Permesso, signora...

– Dove sta andando?

– Devo consegnare urgentemente una lettera all'ambasciatore.

– Qualsiasi documento lo dia a me: sono la sua assistente, lo farò avere io all'ambasciatore al piú presto. Oggi è impossibile, – spiegò la signora, con un elegante accento francese, dopo aver appoggiato sopra a una cassapanca gli incartamenti che teneva tra le braccia.
Perlasca approfittò dello spazio che si era liberato con quel movimento per sgusciare oltre e salire gli ultimi gradini di quella rampa di scale. Aprí la porta di un ufficio, per vedere se dentro ci fosse l'ambasciatore, poi un'altra, continuando a parlare, senza guardarla.
– Documento importantissimo, devo consegnarlo personalmente all'ambasciatore, di persona, – e intanto proseguiva. – Un documento del governo di Spagna, firmato e timbrato... devo farlo vedere al signor Sanz Briz oggi stesso, subito.
– Mi costringe a chiamare le guardie e a farla arrestare, se non esce subito! Lei si sta comportando da maleducato! – La signora cercava di tallonarlo, ma era impossibile intercettare le sue mosse rapide per i corridoi.
Perlasca si voltò di scatto e la fissò negli occhi.
– Signora, fuori ammazzano la gente senza motivo e lei mi parla di educazione?
In quel momento un uomo uscí da una stanza, con lo sguardo infastidito.
– Signora Tourné, si può sapere il perché di tutto questo rumore? E lei chi è?
– Signor ambasciatore, – intervenne la donna, – abbiamo cercato di fermarlo, ma quest'uomo dice di avere un documento importantissimo e di doverlo mostrare a lei personalmente.
– Sono Giorgio Perlasca, ci siamo già incontrati signor Sanz

Briz... si ricorda? Avevo già fatto richiesta al governo spagnolo di un passaporto, per poter raggiungere l'Italia meridionale, nella zona liberata, un po' di tempo fa, ma la sua azione non ha avuto successo e sono ancora bloccato in Ungheria.

L'ambasciatore fece un gesto con la mano, come se cercasse di recuperare un ricordo preciso, e scrutò meglio il nuovo arrivato.

– Sono un italiano che ha combattuto per la Spagna e il vostro governo mi ha dato questa lettera, in cui si dice che in qualsiasi parte del mondo io mi trovi, se avrò bisogno d'aiuto, la Spagna mi aiuterà. Per riconoscenza... vede, è scritto qui. E sotto ci sono i timbri e la firma autografa di Francisco Franco.

L'ambasciatore prese con circospezione il foglio, lo lesse e lo rilesse, facendo attenzione a controllare la firma del capo di Stato spagnolo e i timbri. Quando fu soddisfatto rialzò gli occhi.

– Certo che mi ricordo di lei. Riceverà dalla Spagna riconoscente tutto l'aiuto che potrà fornirle, – l'ambasciatore si rivolse a Perlasca e alla sua assistente, – seguitemi nel mio ufficio.

Sanz Briz si avviò per un breve corridoio poco illuminato, dov'erano in attesa un vecchio con due donne e un bambino piccolo, che al loro passaggio si ritirarono ancora di piú in un angolo. L'ambasciatore si sedette dietro a un'ampia scrivania.

– Siamo in un momento molto difficile, con i tedeschi a Budapest e l'esercito ungherese allo sfascio... Mi dica, signor Perlasca, di cosa ha bisogno?

– Vorrei un passaporto spagnolo, che dimostri che ho la cittadinanza spagnola, cosicché né i soldati tedeschi né la polizia ungherese possano arrestarmi. Voglio lasciare l'Ungheria, arrivare in Spagna o in Svizzera e da lí tornare in Italia, subito. L'ambasciatore sorpreso studiò con attenzione il volto dell'italiano.

– Lei capirà bene che senza un'autorizzazione ufficiale del mio governo io non posso dichiararla cittadino spagnolo. Ci mancherebbe altro: non si diventa spagnoli da un momento all'altro, malgrado l'aiuto che le promette la lettera.

– Ma io ne ho bisogno! Se mi trovano mi arrestano, – disse Perlasca, sventolandogli la lettera sotto al naso. – Qui i tedeschi e la polizia ungherese mi considerano un traditore e mi hanno inserito in una lista di ricercati: sono schedato come indiziato politico.

– Sí, capisco, ma ci sono delle procedure da seguire. Ogni giorno centinaia di persone si mettono in coda davanti al nostro portone per ricevere una lettera di protezione del governo spagnolo. È altamente irregolare quello che lei mi propone: già col permesso della Spagna sarebbe un enorme favore che le viene fatto, e solo in virtú della lettera che lei ha ricevuto combattendo per il mio paese.

L'ambasciatore, sicuro di averlo convinto, si sistemò meglio sulla sedia dall'alto schienale e prese una penna. – Intanto però potrei far avere anche a lei un documento che dice che è sotto la protezione dell'ambasciata spagnola. Abbiamo quasi trecento persone che vivono protette nelle case dell'ambasciata, – Sanz Briz estrasse un foglio con un'intestazione a caratteri ornati. – Con questa lei potrà muoversi a Budapest e, quando arriverà il passaporto, vedremo se sarà possibile farla partire, tutt'al piú per la Svizzera. L'Italia al momento è fuori discussione.

– Signor ambasciatore, – e Perlasca gli mise una mano sul braccio che aveva già impugnato la penna, – lei mi parla di procedure quando venendo qui ho visto cadaveri abbandonati per le strade e nelle caserme delle Croci Frecciate si torturano anche donne e bambini e si uccide senza motivo. Chi viene arrestato oggi non sa come uscirà di prigione e soprattutto se ne uscirà mai. Non posso piú restare qua. Per i tedeschi sono un italiano traditore: o mi uccidono o mi mandano nei campi di concentramento. Forse lei non ha compreso esattamente la mia situazione.

Sanz Briz non disse una parola ed estrasse un modulo prestampato da uno dei cassetti.

– Signora Tourné, prepari il passaporto spagnolo per il signor Perlasca Giorgio... cioè, Jorge.

Mentre la signora usciva con in mano il modulo compilato, Sanz Briz preparò una lettera e la consegnò a Perlasca.

– Qui si dice che le viene concessa la cittadinanza spagnola perché lei l'ha richiesta già da due anni, il tempo per fare tutti i controlli del caso. Non perda la lettera e la tenga sempre assieme al passaporto, perché renderà tutto piú credibile. Non tutti i soldati sono stupidi, mi ha capito?

L'ambasciatore si alzò e lo accompagnò fuori dall'ufficio.

– Si accomodi pure da quella parte: la mia assistente le consegnerà il passaporto nuovo tra un quarto d'ora. Faccia buon viaggio. Avrà bisogno di tutta la fortuna che le può capitare, per andarsene da qua.

6. La casa di Moshe

Sprofondato in una delle poltroncine di cuoio rosso dell'ambasciata, Perlasca si sentí improvvisamente stanchissimo, ma felice. Avrebbe avuto la possibilità di arrivare in Svizzera, magari di rivedere sua moglie; certo sarebbe stato un viaggio lungo e pericoloso, ma tra pochi minuti la porta di un ufficio si sarebbe aperta e avrebbe avuto tra le mani un passaporto spagnolo autentico, diventando cosí Jorge Perlasca. Doveva cominciare ad abituarsi al suo nuovo nome; la lingua non sarebbe stata un problema: l'aveva imparata bene mentre era in Spagna per la guerra, persino con un leggero accento castigliano, e chiunque in Ungheria l'avrebbe preso per uno spagnolo autentico.

Mentre Perlasca si rilassava pensando a tutto questo, il viso del bambino che aveva visto poco prima fece capolino dalla porta; Perlasca gli sorrise, ma lui sparí, rientrando nel corridoio e lasciando intravedere appena il ciuffo di capelli scuri e una sciarpa colorata.

Dopo pochi minuti riapparvero gli occhi e il naso: non si poteva dire se stesse sorridendo, perché la bocca era completamente nascosta dallo stipite di legno scuro, ma una certa luce nello sguardo lo faceva supporre.

– *Hola*, – disse sorridendo, – sono *Jorge* Perlasca, uno spagnolo nato in Spagna. Sono spagnolo da cosí tante generazioni di spagnoli che non saprei nemmeno contarle. Nemmeno in spagnolo. E tu?

Il viso sparí di nuovo, per ricomparire dopo pochi secondi.

– Sei spagnolo anche tu? *Habla Español?*

Stavolta il bambino comparve dondolandosi nel riquadro della porta, le mani in tasca e un piede piú avanti, rise mostrando tutti i denti. Nascose il mento dentro alla sciarpa e non disse niente.

– Una sciarpa bellissima. Sono le renne di Babbo Natale quelle lí? Gialle e blu. Ah, come si dice «renna» in ungherese?... – Perlasca si prese il mento con una mano, imitando un grande pensatore.

– Mi chiamo Moshe, – il bambino mosse un passo avanti, ancora diffidente.

– Ah, *el señor* Moshe, dunque.

– Non sono spagnolo, sono ungherese. Moshe, senza... – e qui il bambino aggiunse un verso strano che voleva imitare la parola *señor*.

– Ah, Moshe l'ungherese. E cosa fai qua? Vedo che hai già la sciarpa al collo: anche tu in partenza? – chiese Perlasca sorridendo, nel suo ungherese incerto.

Il bambino gli si avvicinò e parlò a voce piú bassa.

– Io, la mamma e la zia, anche il nonno, tutti noi andiamo in un palazzo ad aspettare che il mio papà torni dalla guerra. E questa è la mia sciarpa portafortuna: con questa ritrovo sempre la strada di casa.

Perlasca gli sorrise ancora, cercando nelle tasche qualcosa da regalargli, ma non trovò nulla d'interessante.

– Il mio papà era partito per combattere contro i russi, ma

adesso non lo so dove sia. La mamma dice che l'hanno portato in Germania ad aiutare i tedeschi, ma a lui i tedeschi non sono mai piaciuti. Quindi penso che tornerà a casa presto. Lui non resta in un posto se non gli piace.

– Ah, e questo palazzo dove andate è piú bello della vostra casa? – Perlasca cercò di sviare il discorso dalla Germania, perché sapeva bene che essere deportato là poteva voler dire non tornare mai piú.

Moshe lo guardò un poco; poi, come se dovesse difendere la sua casa, riprese: – La mia casa era bellissima, ma adesso è stata rovinata da una bomba che ha buttato giú un pezzo del muro di cinta; è crollato proprio sul giardino dove la mamma aveva piantato i bulbi che poi in primavera fanno i fiori gialli e rossi.

– Ah, i colori della bandiera di Spagna! – rise Perlasca, indicando uno stemma appeso alla parete. Anche Moshe rise, senza motivo.

– Da qualche giorno a casa mia sono arrivate delle persone che hanno diviso le stanze e se le sono prese per loro. Hanno chiuso il corridoio da una parte e noi non possiamo piú entrarci. Hanno detto che costruiranno un muro di mattoni. Si sono presi lo studio di papà, lo stanzino, la camera di mia sorella che è partita e quando torna si arrabbierà moltissimo. Pensa che lei non mi faceva mai entrare nella sua camera, dove aveva i suoi libri, le foto e i profumi che venivano dalla Francia... Se adesso, quando torna, trova che c'è una signora che dorme nella sua stanza, gente che non ha mai visto, mi sa che si metterà a urlare.

– Credo anch'io che tua sorella la prenderà male.

– E poi, – Moshe abbassò la voce e avvicinò la bocca all'orecchio di Perlasca, – ogni giorno arriva la polizia, perché cerca dei banditi e pensa che siamo noi.
Si allontanò di nuovo, studiando il viso del suo ascoltatore, per verificare se meritasse la fiducia sufficiente per andare avanti.
– Ma non siamo noi. La mamma gli ha spiegato che il papà è un ufficiale, che ha ricevuto delle medaglie. Pensa che una volta volevano portare via la zia e il nonno, volevano portarli nel Ghetto, cosí, senza motivo.
– Moshe! – si sentí una voce di donna chiamare dal corridoio.
– La polizia sbaglia casa, a venire da noi, sono sicuro, – continuò il bambino. – Ma anche se la mamma gli ha già detto che sbagliano, ogni volta ritornano, guardano dappertutto e spostano i mobili e aprono i cassetti. Io vado sotto al tavolo, quando entrano, ma loro mi fanno sempre uscire da lí e mi guardano bene in faccia. Secondo me c'è qualcosa che non va, perché una volta i poliziotti erano diversi, salutavano sempre il papà quando andavamo al mercato, – Moshe lanciò un'occhiata circospetta verso il corridoio. – Arrivo, zia! – poi tornò a guardare Perlasca e aggiunse in un bisbiglio: – Da quelli che ci hanno rubato le stanze, invece, non vanno mai. Io li ho visti ridere una volta, affacciati alle finestre, quando tre poliziotti entravano in casa nostra. Ridono perché vogliono anche le altre stanze, la cucina e le camere da letto e il resto. Ma la mamma ha detto che quando torna il papà noi li mandiamo via, perché quella è casa nostra e prima ancora era la casa del nonno.
– Moshe, non disturbare il signore e torna di là.

La zia era comparsa per un minuto sulla porta, giusto il tempo di fare un cenno di scusa allo sconosciuto e richiamare Moshe. Il bambino salutò proprio mentre si apriva una porta e compariva la signora Tourné, con un passaporto nuovo di zecca in mano.

– Ecco a lei, signor Jorge Perlasca, il passaporto con la cittadinanza spagnola che ha chiesto due anni fa, – lo guardò per assicurarsi che avesse capito tutti i sottintesi del caso. – Deve sempre tenere con sé anche la lettera e si ricordi di dire che sono passati due anni.

– Lo so, mi ha già spiegato tutto l'ambasciatore Sanz Briz, – la interruppe Perlasca. – Vorrei scusarmi con lei per il modo in cui sono entrato prima, signora Tourné. Vede, io non sono abituato a comportarmi cosí, ma deve capire che l'urgenza del momento e i pericoli che ho corso per venire fino a qui...

– Non si disturbi con le scuse, – stavolta fu lei a interromperlo, ma si vedeva che non le era passata l'arrabbiatura e che non aveva nessuna intenzione di scusarlo. – Sono molto impegnata adesso, devo occuparmi di quelle persone che attendono in corridoio già da prima che lei arrivasse.

Perlasca si mosse per lasciarla passare.

– Chi sono? Ho appena fatto amicizia con Moshe, – chiese Perlasca.

– Una famiglia ebrea che ha chiesto di essere accolta in una delle nostre case protette, dove sperano di trovare un rifugio sicuro. I soldati non cercano solo lei a Budapest, sa signor Perlasca? Stanno dando la caccia a tutti gli ebrei, non importa se sono bambini come Moshe o vecchi come suo nonno, che fa fatica anche a camminare, a causa dei reumatismi.

Perlasca la lasciò passare, ma prima che uscisse dalla stanza le chiese: – Ma Moshe e i suoi saranno al sicuro nella casa protetta?
La signora Tourné gli lanciò un'occhiata incerta e poi si avviò in corridoio verso la famiglia che già stava radunando borse e valigie.

7. La scelta

Perlasca, che era entrato nel palazzo dell'ambasciata spagnola come Giorgio, ne uscí quindi come Jorge e si diresse alla centrale di polizia con passo veloce, per esibire il suo nuovo passaporto all'ufficio stranieri, farsi registrare come spagnolo e far ritirare l'ordine di arresto. Aveva bisogno che il suo nome fosse tolto dalla lista dei ricercati, altrimenti poteva incappare in qualche retata della polizia e finire in un campo di prigionia in Germania.

I suoi documenti furono controllati e ricontrollati, lo fecero aspettare, gli fecero un sacco di domande, ma alla fine furono costretti a lasciarlo andare: tutto era in ordine. Cosí, anche per la polizia ungherese non c'era piú Giorgio Perlasca, ricercato italiano e disertore, ma il piú affidabile Jorge Perlasca, spagnolo, cittadino di un paese amico ma non belligerante, senza alcun obbligo di combattere e, quindi, senza il rischio di venir arruolato a forza come alleato dei tedeschi.

Uscí dall'ufficio di polizia decisamente piú tranquillo e quasi allegro. Ma qualcosa riprese ad agitarsi dentro di lui, mentre riattraversava piú sollevato le vie della città: una forza strana lo sospingeva di nuovo verso il palazzo con la bandiera spagnola e verso Sanz Briz.

Cambiò direzione, si fermò a un incrocio, pronunciò qualche parola tra sé a voce alta, si accese una sigaretta. Sentiva di essere di fronte a una scelta importante: qualsiasi decisione avesse preso, avrebbe modificato per sempre la sua vita, da quel momento in poi, e l'immagine che avrebbe avuto di se stesso. Alla fine del suo vagare senza una meta per le strade di Budapest, Perlasca bussò di nuovo alla porta dell'ambasciata spagnola.

Quando aprí, il portiere lo guardò preoccupato e perplesso.

– Ha dimenticato qualcosa? – gli chiese, senza decidersi a farlo entrare.

– No, devo solo vedere l'ambasciatore, – lo rassicurò Perlasca, infilandosi tra lui e la porta.

– Ma non l'ha visto prima? Ormai è sera, tra poco l'ambasciatore andrà a cena...

Tutto inutile: nessuno lo poteva fermare, tanto piú che adesso sapeva dove erano situati gli uffici, quali porte aprire, quali corridoi percorrere. Perlasca aveva un'idea in testa, ben chiara, e sarebbe stato difficile fargliela cambiare.

Il portiere fece un debole tentativo di fermarlo, poi lo lasciò entrare, anche perché sembrava che lui e il signor Sanz Briz si conoscessero veramente.

Attraversò il piccolo corridoio male illuminato, dove Moshe e i suoi familiari non c'erano piú, e bussò all'ufficio dell'ambasciatore. Venne ad aprire la porta la signora Tourné, con alcune cartelle di cartoncino, traboccanti di fogli, e uno sguardo stupito.

– Non si preoccupi, va tutto bene, – Perlasca le sorrise e s'infilò nell'ufficio, dirigendosi verso la grande scrivania a cui era ancora seduto l'ambasciatore; il suo modo di sorridere era di quelli che non riuscivi a dimenticare, già dopo il primo incontro.

– Buonasera, mi dispiace veramente disturbarla a quest'ora, vedo che sta ancora lavorando ed è già ora di cena, – Perlasca si tolse il cappello e rimase in piedi, davanti a lui, appena fuori dal cerchio di luce che proiettava la lampada da tavolo. – Sono qui solo per offrirle il mio aiuto.
– Non capisco, – Sanz Briz appoggiò il foglio che teneva davanti agli occhi. – Lei non voleva partire subito?
– Sí, ma ci vorranno alcuni giorni per organizzare tutto. E poi, adesso che sono protetto dal governo spagnolo, non c'è piú tutta questa fretta. Vorrei sdebitarmi con lei... con voi, – Perlasca si voltò verso la donna che attendeva in piedi, accanto alla porta semiaperta. – Dando una mano anch'io con le case protette, dove date rifugio agli ebrei. Io adesso posso girare liberamente o quasi, per le strade, senza rischiare l'arresto: potrei esservi utile.
L'ambasciatore lo guardò a lungo; poi lanciò una rapida occhiata alla sua assistente, che aspettava in silenzio.
– Potrei cominciare a occuparmi di Moshe, quel ragazzino che era qui questo pomeriggio con la sua famiglia, che già conosco un poco. Seguirò i vostri ordini, senza fare di testa mia, senza mettervi nei guai.
Perlasca cercò di sorridere contemporaneamente a tutti e due, muovendo la testa.
– Lei facendo questo si mette *già* nei guai, – lo avvertí la voce della donna alle sue spalle, ancora risentita per il comportamento del pomeriggio.
– Non nego che un po' di aiuto ci farebbe comodo, signor Perlasca. Con tante case protette a cui badare, con i soldati che continuamente entrano e derubano i nostri ospiti o,

peggio, li portano chissà dove, – l'ambasciatore rifletteva a voce alta, guardando le penne sulla scrivania, ma sembrava già convinto. – Lei potrebbe darci un grande aiuto, anche per pochi giorni. La signora Tourné e suo figlio sono israeliti francesi, quindi non possono girare liberamente per la città a tutte le ore: hanno degli orari precisi di rientro... sa, per gli ebrei c'è il coprifuoco, a Budapest.
– Ma c'è l'avvocato Farkas che già ci aiuta, in questo, – precisò la donna.
– Signora Tourné, anche lui è ebreo: non può considerarsi libero di girare per la città come invece sarebbe il signor Perlasca. Zoltàn Farkas è conosciuto da troppe persone, i soldati sanno chi è e potrebbe avere dei problemi se le cose peggiorassero. E comunque, con le truppe tedesche d'invasione, non sarà affatto facile raggiungere la Svizzera. Meglio avere qualche giorno per organizzare il viaggio nei minimi dettagli e nella migliore delle condizioni possibili.
L'uomo si alzò e si avvicinò a Perlasca.
– Ceniamo assieme e parliamo un po' di questo suo pazzo progetto di diventare mio assistente, – ridacchiò l'ambasciatore.
– Certo che è diventato spagnolo da poche ore e già vuole entrare nella diplomazia di Spagna... Una carriera molto veloce, *señor* Jorge, non c'è che dire. Lei è un uomo che non si ferma davanti a nulla.
L'ambasciatore lo prese sottobraccio e insieme attraversarono il corridoio, dove il figlio della signora Tourné aspettava con in mano il soprabito e il cappello del diplomatico spagnolo.
– Se la cosa dovesse funzionare, be', dovrei presentarle ufficialmente anche le altre persone che sono impiegate qui e

spiegarle come lavoriamo, in questa situazione particolare. Domani mattina potremmo organizzare una visita alle case protette, cosí si renderà conto di persona, e nel pomeriggio le farò avere una lettera diplomatica d'incarico che dimostri che lei lavora per noi. Riceverà uno stipendio molto ridotto, ma una vera lettera di assunzione.

– Allora direi che possiamo goderci la cena, rimandando a domani le conversazioni di lavoro, – Perlasca sorridendo fece gli ultimi gradini. – Quanto allo stipendio, non è necessario: ho ancora qualche soldo e posso badare a me stesso senza pesare sugli altri. La cena però l'accetto volentieri: è stata una giornata faticosa e ho dovuto saltare il pranzo.

Mentre si avviavano verso l'uscita, Perlasca notò accanto a una sedia la sciarpa con le renne gialle e blu. La raccolse e se la infilò in una tasca. Se avesse rivisto Moshe, stavolta avrebbe avuto qualcosa da dargli.

8. Palazzo di Piazza Santo Stefano

Da quando Sanz Briz gli aveva dato quell'incarico, aveva cercato di trasformare il sistema di protezione agli ebrei in maniera quasi militare, perché solo un'impeccabile organizzazione e un continuo controllo personale potevano garantire la sicurezza per gli occupanti. Perlasca le visitava tutte, le case protette, anche due volte al giorno, quando era possibile, e una stretta rete di informatori lo teneva sempre al corrente di ogni avvenimento; tutte le persone che si rifugiavano in quelle abitazioni comparivano negli elenchi ufficiali ed erano immediatamente fornite di una regolare lettera di protezione. Solo in questo modo era possibile tenere lontano gli assalti delle Croci Frecciate e gli arresti della polizia. Giorno dopo giorno, lentamente, i protetti erano aumentati di numero, tanto che aveva dovuto trovare altri edifici per ospitare i nuovi arrivi.

Quella mattina, Perlasca partí dalla sede dell'ambasciata, in via Eötvös, per il solito giro delle case protette dal governo spagnolo. Malgrado i pensieri che lo angosciavano, il suo sguardo riusciva a scoprire ancora degli angoli incantevoli nascosti nelle vie di Budapest, dove si poteva sognare che la guerra non esistesse: ammirò dal finestrino della Buick la sfilata di eleganti palazzi, che sembravano controllare tutto dall'alto delle loro finestre con uno sguardo asburgico, ricordo nemmeno troppo lontano dell'Impero austro-ungarico; le torri moresche della Grande Sinagoga continuavano a stendere la loro ombra sulle case sottostanti come un tempo, ma gli spiriti dei grandi magiari, le cui statue ornavano il colonnato della Piazza degli Eroi, non avrebbero riconosciuto in quell'Ungheria la loro patria. L'auto rallentò, quasi a passo d'uomo, e Perlasca ammirò il Ponte delle Catene, mentre sotto le sue arcate il Danubio scorreva maestoso, inarrestabile, con la stessa determinazione che avevano quelli che lottavano per la libertà e che ogni giorno venivano spinti nella profondità di un inferno senza ritorno.

Come sembravano belle e innocenti le strade che si aprivano a destra e a sinistra! Jorge guardò le aperture moresche sulla facciata di un palazzo e pensò che non era giusto che una città cosí bella dovesse soffrire cosí tanto, che i cittadini di Budapest dovessero affrontare un incubo del genere. Budapest era diventata una grande trappola per molti dei suoi abitanti, stretti tra gli occupanti nazisti e i sovietici che arrivavano da est; per gli ebrei non sembrava esserci nessuna via di scampo, se non cercando rifugio nelle poche case protette, gestite dalle nazioni neutrali. Jorge si passò una mano tra i capelli biondi; c'era cosí tanto da fare e non poteva perdere nemmeno un minuto, anche se la voglia di agire che sentiva nelle mani e negli occhi si scontrava con una folla di dubbi.

La Buick con le bandierine colorate raggiunse scoppiettando la casa protetta, dove i tedeschi e le Croci Frecciate non avrebbero potuto entrare. Mentre l'autista e il viceambasciatore scendevano dall'auto, trasportando i pacchi di viveri, i responsabili della casa si erano già tutti raccolti sulla porta:

la voce che Perlasca era arrivato si era diffusa in un lampo e molti degli ospiti cominciarono a radunarsi, per incontrarlo e per ascoltare le ultime novità.

– Quanto è alto, – esclamò una donna che lo vedeva per la prima volta, scendendo l'ultimo gradino, – e che occhi azzurri!

– Si chiama Per Lasca, – precisò chi le stava accanto, pronunciandone il cognome all'ungherese.

Era piú alto degli uomini che lo avevano circondato e spiccava tra tutti per il suo modo di muoversi e di gesticolare; il naso dritto e severo, sovrastato dalla fronte spaziosa, il viso affilato e l'espressione aperta facevano sí che la gente trovasse naturale starlo a sentire.

Helga, una delle tante ragazze che si trovavano nella casa, era scesa appena aveva sentito dell'arrivo di Jorge, sistemandosi le lunghe trecce. Velocissima, prima che sua madre la obbligasse a restare lí a far la guardia al cibo (una minestra annacquata che bolliva dentro a una vecchia latta): aveva fatto le scale saltando i gradini tre alla volta, perché non aveva mai visto un uomo cosí, bello come un attore del cinematografo. Voleva arrivare giú prima delle sue amiche, soprattutto Eva, nella speranza di essere notata.

Mentre l'autista consegnava i pacchi con i viveri, Perlasca depose con grandissima attenzione nelle mani del rappresentante anziano gli involti di carta con il rosso d'uovo disidratato. Quella polvere era piú preziosa dell'oro, per chi era costretto a restare chiuso lí dentro, a nutrirsi di brodaglie acquose di fagioli o di piselli. Il vecchio prese con dita tremanti i piccoli sacchetti e li mise in un luogo sicuro, per la distribuzione.

Qualcuno chiese a voce alta quello che tanti volevano sapere:
– Dove sono arrivati i russi? È vero che è questione di pochi giorni ancora e libereranno Budapest?
Nel silenzio assoluto, il viceambasciatore scosse la testa prima di rispondere.
– I russi non sono ancora entrati in città: si sono fermati fuori. In questi giorni combattono in altre zone. Ci sono voci di scontri dalle parti del lago Balaton. Fanno sentire la musica degli «Organi di Stalin», i loro lanciarazzi. Preparano il terreno per l'avanzata, tagliando i rifornimenti di petrolio ai tedeschi. È difficile capire quando arriveranno. Ma quello che è sicuro è che i tedeschi se ne andranno presto.
Un uomo basso e robusto della vicina casa protetta di via Kàroly, che era lí di passaggio, prese coraggio e si tolse il cannello della pipa dalle labbra.
– Signor Lasca, ha notizie di mia moglie? Speravo di trovarla qui, ma nessuno sa niente. Qualcuno l'ha vista? Magari in una casa protetta delle altre nazioni... quelle della Svizzera, o del Vaticano...
Il viceambasciatore spagnolo abbassò la testa, come se fosse stato schiacciato da un grande peso, prima di rispondere.
– Nessuna notizia, mi dispiace. Ma in questi giorni non riusciamo a comunicare molto con le legazioni degli altri Stati: il telefono non sempre funziona. Vedrai che la troveremo: magari si sarà nascosta da amici, in qualche cantina... Per adesso la cosa importante è che tu ti occupi di tua figlia. Kinga, vero? Resta tranquillo nella vostra casa protetta, fino al suo ritorno. Non andare in giro per la città, se non è indispensabile, nemmeno durante gli orari consentiti.

L'uomo si rimise la pipa in bocca e restò appoggiato al muro, pensando alla moglie. Era sempre stata una donna che non cedeva facilmente e lui avrebbe potuto fare ben poco per farle cambiare idea; aveva deciso di uscire a cercare la sorella e nessuno avrebbe potuto fermarla: non era possibile piegare a parole una volontà forte come quella, specialmente se si trattava della sua famiglia. Per lei nulla aveva piú importanza delle persone a cui voleva bene e sapeva prendersi cura di ognuno con lo stesso amore. Convinta di correre meno rischi, prima di uscire dalla casa protetta aveva scucito le stelle gialle di cotone che per legge ogni ebreo doveva tenere ben in vista sui risvolti del cappotto. Probabilmente non era servito; anzi, forse proprio quel gesto l'aveva messa nei guai. Avrebbe dovuto restare fuori un paio d'ore al massimo, sincerarsi che la sorella stesse bene e rientrare, ma non era piú tornata.

– Quanto ancora dovremo stare chiusi qua dentro? – urlò una donna, con la voce pericolosamente sull'orlo del pianto.

– Amici miei, qui dentro soffrite la fame, la sete, il freddo. Dormite uno addosso all'altro, senza un vero bagno per lavarvi e spesso con solo un secchio per i vostri bisogni... Ma fuori c'è solo la morte, – Jorge, mentre finiva di parlare, lanciò un'occhiata al padre di Kinga che, in un angolo, si sistemava infreddolito la giacca imbottita di fogli di giornale.

– Se non dobbiamo uscire, allora quando potrò raggiungere mio figlio nella casa protetta della Svizzera? Lui mi aspetta! – chiese una donna con un fazzoletto a fiori stretto attorno alla testa. – Lí stanno bene. Chi ha comprato una lettera di protezione dagli svizzeri non viene piú toccato.

– Signora, le case protette delle altre nazioni, – Jorge cercava le parole piú adatte, mentre attorno a lui cresceva il vociare, – non sono sicure come quelle spagnole. Le Croci Frecciate sono già entrate piú volte e hanno preso alcuni degli... ospiti, per portarli al Ghetto. Chi ha comprato lettere di protezione ha solo buttato via i propri soldi: al primo controllo rischia di essere ucciso o mandato in Germania a lavorare. Le lettere di protezione che noi vi abbiamo fornito sono documenti autentici, con tutti i timbri del caso, e nessuno di voi ha mai dovuto pagare un soldo per ottenerle. E questo lo sanno anche i tedeschi.

Molte voci allora cominciarono a parlare tutte assieme. Chi suggeriva di andare subito a rifugiarsi nel Ghetto Comune, convinto che il numero li avrebbe protetti, chi invece proponeva di pagare i soldati per lasciarli uscire dalla città, chi protestava e basta.

– Uscire da qui vuol dire morire! – li interruppe Jorge, con una voce che non ammetteva altre repliche. – A voi la scelta.

Quando, piú tardi, l'auto con le bandierine spagnole si rimise in moto per raggiungere un'altra delle case protette, Perlasca sprofondò nel sedile; si rendeva conto che non avrebbe mai potuto salvarli tutti, che non era in suo potere far finire il male che aveva allungato la sua ombra su tutta la Terra. Guardava fuori dal finestrino: lungo le vie di Budapest risaltavano i fori dei colpi di fucile sull'intonaco degli antichi palazzi; saltavano agli occhi, in tutta la loro evidenza, le macerie delle case crollate, i segni della fame e del dolore sulle facce dei passanti. Qualcosa dentro di lui però gli imponeva di tener duro.

9. Come Don Chisciotte

Il sole era alto dietro alle nuvole, quando il colpo di clacson dell'autista, per avvisare gli occupanti della casa di via Pannonia del loro arrivo, distolse Perlasca dai suoi ricordi e lo riportò immediatamente alla realtà presente.

Fuori dalla seconda delle otto case protette dal governo spagnolo sostavano alcune persone con le stelle gialle di stoffa cucite sui vestiti: erano perlopiú uomini che approfittavano delle ore in cui il coprifuoco permetteva loro di muoversi all'aperto, per incontrare qualche conoscente.

– Eccoci arrivati, – l'autista rispose al saluto con un cenno della mano.

I protetti, che erano poco piú di un centinaio all'inizio delle persecuzioni, ormai avevano già superato il migliaio. E ogni giorno arrivavano all'ambasciata altre richieste di aiuto.

Ad accoglierli si radunò una piccola folla, che però si teneva a rispettosa distanza dall'automobile, finché Perlasca non fece loro cenno di avvicinarsi e scaricare il cibo.

– Fate piano, – l'autista alzò la voce, quando due uomini afferrarono male una cassetta di legno, che rischiò di finire a terra.

– Non entriamo in casa per controllare le stanze? – chiese l'autista.

Perlasca scosse la testa.

– Non c'è nessun motivo per farlo: oggi non è successo niente.
Perlasca sapeva bene come si viveva ammassati nelle case, lottando per avere un minimo di intimità e restare esseri umani con la propria dignità, anche se si era costretti a condividere persino il bidone che fungeva da latrina. Entrare troppo nel privato dei rifugiati voleva dire fissare lo sguardo sulla sofferenza di quella gente, mancando loro di rispetto.
Perlasca si voltò a osservare i bambini che si muovevano tra le gambe degli adulti e infilò una mano nella tasca della giacca, a controllare che la sciarpa con le renne gialle e blu fosse ancora al proprio posto.
– Cerco un bambino di nome Moshe, – Perlasca si rivolse all'anziano che gli stava porgendo dei certificati da controllare. – Avete mai avuto qualcuno con questo nome?
– Sí, era qui con la mamma e il nonno, mi sembra. Hanno preferito raggiungere degli amici in una casa protetta della Svezia, credo.
Si voltò per conferma verso altri due uomini in abito nero, su cui la stella gialla risaltava come un sole in mezzo a un temporale.
– Siete sicuri? Sono partiti tutti? Due donne e un bambino e un uomo anziano?
Anche gli altri due fecero di sí con la testa.
In quel momento la seconda auto dell'ambasciata spagnola, una Ford, entrò dal cancello rimasto aperto: al volante c'era Gastone, il figlio della signora Tourné, che spingeva la vecchia auto a velocità per lui inusuale. Lasciò il motore acceso e si avvicinò a passo di corsa.
– Cosa succede? Perché tutta questa fretta di consumare ben-

zina? – chiese Perlasca, messo in allarme dall'espressione del giovane.
– Le Croci Frecciate hanno compiuto una razzia nella casa protetta di via Foenix. Ci hanno avvisato all'ambasciata, ma non sono riuscito a contattarla mentre era nell'altra casa... e qui il telefono non funziona.
La rete degli informatori dell'ambasciata spagnola era riuscita, ancora una volta, a segnalare un assalto dei nazisti ungheresi a una casa protetta, ma l'inaffidabilità della rete telefonica aveva reso quello sforzo quasi inutile.
Perlasca risalí con lui in auto. In quei momenti sentiva ancora piú forte la stanchezza di essere sempre in gara contro la morte, con il terrore di arrivare troppo tardi e dover vedere solo dei cadaveri. Sentiva la nausea per tutti quei morti, per l'inutilità di cercare di salvare delle vite: ne metteva due al riparo e gliene portavano via un centinaio. Se avesse seguito fino in fondo il suo primo impulso, sarebbe già stato lontano dall'Ungheria, a Trieste, vicino a sua moglie.
L'auto affrontò la prima curva a gran velocità, mandando il passeggero a sbattere contro al finestrino.
– Maledizione! – sbottò Perlasca e avrebbe voluto urlare al figlio della signora Tourné di rallentare o addirittura di fermare l'auto. Non ne poteva piú nemmeno di quelle corse contro il tempo, del rischio continuo di essere fermato e magari arrestato dalla polizia o, peggio, ucciso dalle Croci Frecciate. Voleva tornare a casa, voleva dormire.
Si passò una mano sulla testa. Come tante altre volte prima di allora, si chiese se avesse un senso continuare a cercare di nascondere e di proteggere persone che fatalmente sarebbero

state catturate e uccise. Don Chisciotte aveva combattuto coraggiosamente contro i mulini a vento, ma senza riuscire a sconfiggerli. Lui era poi cosí diverso? Lottava contro mostri troppo grandi, che si prendevano gioco di lui, che lo deridevano e che avrebbero potuto ucciderlo.
Guardò fuori: i muri scheggiati dalle pallottole, le pozze di acqua fangosa incrostate di ghiaccio scuro, le assi di legno rubate dalle case abbandonate per alimentare piccoli fuochi.
Le sue corse erano spesso senza senso e senza speranza.
Dentro alla parte piú viva del suo cuore, però, sentí che non avrebbe potuto fare niente di diverso: non poteva restare a guardare quando le persone venivano trattate peggio degli animali.
– Hai semplicemente paura e nostalgia di casa: tutte cose che prima o poi passano, – disse a voce alta, per consolarsi.

10. Rastrellamento in via Foenix

All'alba le Croci Frecciate si erano disposte all'esterno del palazzo di via Foenix, come un grande cappio, e avevano aspettato dietro agli angoli degli edifici, con i fucili puntati, pronti a bloccare chiunque avesse cercato di uscire.

Il cielo era ancora scuro e solo alcuni banchi di nebbia gelata si muovevano tra le vie di Budapest, mentre molti dei suoi abitanti dormivano, stretti nei loro letti. C'erano due panchine, vicino all'incrocio, e da lí un uomo impartiva i comandi con rapidi movimenti delle mani; avevano l'ordine di non parlare e di non fare rumore: sembravano vampiri assetati di sangue, spettri raccolti per divorare i passanti incauti. L'ufficiale controllò che tutti fossero ai loro posti e poi fece un cenno al sergente che aspettava accanto al portone.

All'improvviso il silenzio della notte appena terminata si scheggiò e per tutto il quartiere risuonarono le urla rabbiose degli uomini armati che sfondavano il portone a calci. Grida e colpi, poi le voci di quelli che erano stati sorpresi nel sonno. Come una banda di ratti, le Croci Frecciate fluirono all'interno con le armi in pugno, risalirono le scale fino all'ultimo piano per cacciare fuori tutti e radunarli in cortile.

L'ufficiale si mise al centro dello spiazzo, per godersi lo spettacolo della gente che veniva spinta giú: uomini vestiti per metà, donne che cercavano di avvolgersi in una coperta, con gli occhi gonfi di sonno e le bocche impastate, terrorizzati dalle armi e dal non trovarsi accanto un figlio o un genitore, spinti lontani nella folla; i soldati buttarono all'aria valigie e mobili, sfondarono porte e scesero persino nelle cantine, alla ricerca di qualcuno che fosse riuscito a nascondersi. Il loro comandante, intanto, aspettava sorridendo che la caccia finisse. Dall'altra parte della strada si aprí uno spiraglio tra le imposte verdi, dal quale una donna spiò quello che stava accadendo nella casa di fronte: dalle finestre della casa degli ebrei volarono sulla strada vestiti e una cassetta di legno piena di libri; il rumore dello schianto fece richiudere precipitosamente la stretta fessura e la donna sparí all'interno.

Poco dopo si aprí una porta e una ragazza uscí di corsa, con uno scialle sulla testa. Svoltato il primo angolo, alle sue spalle echeggiò un colpo di fucile. Strinse forte gli angoli dello scialle, come se quel gesto potesse servire a proteggerla da ogni male, e iniziò a correre, rischiando di scivolare sull'asfalto gelato, diretta all'ambasciata spagnola.

Era fatta di questo, la rete informativa dell'ambasciata: piccoli e grandi ungheresi che avevano deciso di non far finta di niente. Quella ragazza, con un semplice gesto, fece un incantesimo: trasformò in amici, per i quali valeva la pena rischiare la propria vita, una folla di sconosciuti.

La signora Tourné cercò di rintracciare Perlasca, ma, quando finalmente riuscí a prendere la linea telefonica, scoprí che si trovava nella zona della città dove i telefoni non funzionavano piú da alcuni giorni. Fu suo figlio a offrirsi di raggiungerlo in auto per correre alla casa razziata.

Quando arrivarono in via Foenix, il portone della casa era aperto e l'atrio era cosparso di fogli e vestiti; alcune valigie sventrate erano state buttate in un angolo, accanto a cassetti sfasciati.
Perlasca avanzò camminando su schegge di legno e di vetro, tendendo l'orecchio per decifrare i rumori che venivano dai piani alti. Bisbigli e fruscii, qualche passo.
Alla fine delle scale giaceva il corpo di un uomo, uno dei responsabili della casa, freddato da un colpo di fucile. Accanto alla stella gialla era fiorita una stella piú scura.
Dalle scale scesero due donne anziane in lacrime, con un fagotto di stracci e una latta per l'acqua.
– Cosa è successo? – chiese Perlasca, bloccandone una per un braccio.
– I soldati hanno portato via tutti quelli che potevano lavorare, uomini e donne. Li hanno presi tutti, – la donna, sempre piangendo, si liberò dalla stretta e girò attorno al cadavere, per raggiungere il portone e uscire all'aperto.
– Ma dove credete di andare adesso? Fuori non ci sono posti sicuri: dovete restare qua.
– Perché, questo è un posto sicuro? – chiese la seconda, indicando il sangue e i fogli sparsi sul pavimento. – È stato un posto sicuro, per lui? Ci siamo fidati di lei e delle sue belle parole!
In un attimo le due donne erano sparite e Perlasca si guardò attorno. La casa era stata rovistata da cima a fondo, tutto quello che si poteva rompere era in pezzi sparsi lungo le scale o sul pavimento; i fagotti e le valigie erano stati aperti e frugati, alla ricerca di denaro e di oggetti preziosi. Le persone

che vivevano là, portate via o fuggite, a nascondersi da qualche altra parte. Ma non c'era piú nessun posto sicuro a Budapest.
– Andiamo alla stazione di polizia. Presto!
Tourné schizzò fuori e mise in moto.

Perlasca rimase tutta la mattina nella caserma, mentre le Croci Frecciate si consultavano con i poliziotti e facevano chiamare al telefono funzionari politici e del Ministero degli Interni; per prudenza aveva fatto radunare nel cortile tutti i suoi protetti e ogni tanto scendeva a rincuorarli, per risalire subito in attesa di novità.
– È stato un atto illegittimo e illegale, quello compiuto questa mattina. Queste persone sono cittadini spagnoli: non potete arrestarli e deportarli, non potete nemmeno chiuderli nel Ghetto ebraico. Hanno il permesso di stare nelle case protette.
Ogni volta che Perlasca gli rivolgeva la parola, il poliziotto lo fissava con aria poco intelligente e si stringeva nelle spalle, prima di riprendere la lettura di alcuni documenti. Un giovane in divisa, dai baffi biondi che gli spiovevano sul labbro, passò piú volte per il corridoio lanciando allo spagnolo delle occhiate di comprensione.
– Avete provato a chiamare qualcuno al Ministero? – Perlasca provò a chiedere nuovamente.
L'uomo si strinse per l'ennesima volta nelle spalle e tornò in silenzio al suo eterno lavoro di lettura.
Dalla finestra, Perlasca poteva controllare i suoi protetti nel piazzale: formavano un gruppo compatto, con gli uomini in

piedi, le donne sedute contro due pilastri e i bambini piccoli accoccolati in braccio o accanto a loro. Solo tre bambini, che non avevano perso la voglia di giocare, continuavano a correre tra i fagotti e le gambe degli adulti; cercavano di calciare in aria un cartoccio di carta per colpirlo di testa.

«Ecco il primo nucleo della futura nazionale di calcio ungherese», pensò sorridendo Perlasca. Com'erano simili, italiani e ungheresi: bastava lanciare un pallone tra i loro piedi e subito contava solo il calcio.

Il piú alto dei tre bambini stava invitando i compagni ad alzargli la palla, mentre quello piccolo voleva palleggiarla con le ginocchia; fu durante una di queste azioni che la palla di carta volò sopra la testa del ragazzo e finí per colpire il poliziotto coi baffi biondi che in quel momento attraversava il cortile. Perlasca, dal suo posto di osservazione alla finestra, si irrigidí, ritirandosi istintivamente nell'ombra. I bambini si bloccarono di colpo e persino i grandi, poco distanti da loro, rimasero raggelati, in attesa.

L'uomo si chinò a raccogliere il cartoccio di carta e si avvicinò ai tre calciatori, senza smettere di fissarli. A un passo da loro lanciò una rapida occhiata verso le finestre della caserma, mise la palla in mano al piú piccolo e gli accarezzò la testa.

– Non di punta. Il passaggio fallo con l'interno del piede, hai piú controllo, – e proseguí per la sua strada.

Quando l'uomo si fu allontanato, Perlasca lo seguí con lo sguardo: il soldato avanzò con passo sicuro fino all'altro lato del cortile, ma prima di salire le scale si fermò accanto al portone e guardò il gruppo di ebrei. La carezza che aveva appena fatto, restituendo il pallone, l'avrebbe voluta dare a suo figlio, che aveva piú o meno l'età di quei tre; se fosse stato in suo potere avrebbe preso quei bambini e li avrebbe portati tutti al suo paese, a giocare a calcio con il suo Imbre. Piú pensava a suo figlio, piú diventava importante per lui sopravvivere alla guerra. Ricacciò dentro la pena che sentiva per quelle persone, che sarebbero quasi certamente finite in un campo di sterminio o in fondo al Danubio, perché sapeva che la pietà era pericolosa.

«Non posso preoccuparmi di loro, – si ripeté, salendo le scale. – Devo pensare alla mia famiglia. Non posso dar loro che una carezza. Se mi avesse visto un ufficiale sarei già in guai grossi».

Fuori dalla finestra, le prime gocce di pioggia cominciarono a scendere all'improvviso, distanziate tra loro, mandando il gruppo a cercare un riparo precario in un angolo del cortile, sotto a un cornicione.

... piove su le nostre mani
ignude,
su i nostri vestimenti
leggieri,
su i freschi pensieri...

Le parole di una poesia di Gabriele D'Annunzio emersero all'improvviso nella mente di Perlasca, come una luce sperduta nel buio. Quanto era diversa la scena a cui aveva appena assistito dalla passeggiata del poeta e della sua amante in una pineta, durante un temporale estivo!

«La memoria ha un senso dell'umorismo tutto suo», si disse,

contemplando il cortile che si scuriva, mentre la pioggia cominciava a scendere piú forte e fredda.
Mai avrebbe pensato che sarebbe arrivato a rimpiangere gli anni della scuola. Per quel poeta, Gabriele D'Annunzio, aveva anche litigato col suo professore, col preside e persino con suo padre: il poeta, in quei giorni, invitava tutti alla guerra, alla gloria, e invece lí, a scuola, a lui sembrava di perdere tempo con tante cose inutili. Andò a finire che lo cacciarono dall'istituto. In verità non era stato un gran sacrificio, perché la scuola non l'aveva mai amata, ed era stato piú che contento di lasciarla per partire e andare a far il soldato.

... su la favola bella
che ieri
m'illuse, che oggi t'illude...

Non volle piú guardare il poliziotto che leggeva, seduto alla scrivania: gli diede le spalle e fissò il cielo.
In Spagna c'era andato perché convinto che quella fosse una guerra giusta; di cose brutte, invece, ne aveva viste cosí tante, da quando era scoppiata questa guerra, che sembrava non ci fosse nessun limite alla crudeltà e all'orrore, perché ogni giorno superava il precedente.
Il suo sguardo percorse le facce tirate e tristi della gente che si stringeva contro la parete per ripararsi dalla pioggia, pochi metri sotto di lui.
«Nemmeno per loro questi ultimi anni devono essere stati una favola bella», rifletté Perlasca, appoggiando le due mani al bordo della finestra.

All'improvviso, il telefono accanto al poliziotto emise un suono gracchiante, un trillo sbagliato, come se avesse qualcosa di rotto; l'uomo sollevò il ricevitore e ascoltò. Disse solo qualche parola prima di riagganciare e lo guardò in silenzio.
– Ebbene?
– Può portarseli via, – e riabbassò lo sguardo sui fogli, facendo finta di leggere.
Per fortuna, dopo alcune telefonate, l'avvocato Farkas era riuscito a contattare Sanz Briz, che aveva confermato a qualche capo delle Croci Frecciate tutto quello che Jorge andava ripetendo, e infine era stato dato l'ordine che fossero rilasciati tutti.
Quando Perlasca scese in cortile per radunare il suo gruppo non pioveva già piú; nominò un nuovo capocaseggiato, incaricò due giovani di chiudere la fila e di controllare che nessuno rimanesse per strada. Senza nemmeno guardarsi indietro, la doppia fila di persone riattraversò il cancello sotto l'occhio attento di alcuni uomini armati e ritornò verso la casa protetta.
L'automobile dell'ambasciata di Spagna lasciò la caserma subito dopo e, lentamente, si mosse per tornare a casa.

11. Un'idea rischiosa

Rientrato nel palazzo della legazione, Perlasca aspettò che la signora Tourné avesse finito e, appena lei uscí con le sue cartellette di cartone azzurro strette contro il petto, lui s'infilò nell'ufficio.

L'ambasciatore aveva la scrivania ingombra di fogli e di fascicoli.

– Disturbo? Forse preferisce che ripassi piú tardi?

– Entri, entri, Perlasca... o dovrei chiamarla Jorge, come fanno tutti da un po' di tempo?

Sanz Briz sorrise, ma si vedeva che era troppo stanco e preoccupato per riuscire a far durare quel movimento delle labbra; si passò una mano sul viso e gli mostrò la sedia libera davanti alla scrivania. L'avvocato Farkas era in piedi, in silenzio, contro la libreria.

– Che novità mi porta dalle altre case?

– Non troppo buone: alcuni protetti si sono allontanati, sono stati sorpresi fuori in orari vietati e inevitabilmente sono stati arrestati; altri sono scomparsi e non abbiamo piú notizie da giorni. Quelli di via Foenix sono rientrati tutti.

– Guardi, Perlasca, che stavolta siamo stati fortunati: non credo che sarei in grado di raccontare ancora tutte le bugie che ho detto oggi, per tirarla fuori da quel commissariato. Quando i nostri protetti vengono arrestati, possiamo provare

a pretenderne il rilascio, come stamattina, ma dobbiamo sapere che non può andare sempre così. È più facile che vengano uccisi, o che finiscano nei campi di concentramento prima ancora che qualcuno ci avverta.
– Proprio di questo volevo parlarle, ambasciatore. Avrei intenzione di contattare personalmente Gera, il ministro segretario del partito delle Croci Frecciate, per cercare di giungere a un accordo. Sono i suoi uomini quelli che sono entrati nella casa protetta di via Foenix e hanno sfasciato tutto, picchiato delle donne e violentato una ragazza. Prima di andarsene hanno gettato un vecchio dal quinto piano e hanno sparato al capocaseggiato.
A quelle parole Sanz Briz abbassò lo sguardo verso la scrivania e curvò le spalle, come se un enorme peso lo stesse schiacciando.
– È sicuro di voler correre un rischio del genere? Se da Gera incontra qualcuno che la riconosce come l'italiano che commerciava bestiame, lei finisce in un campo di concentramento.
– Bisogna correre qualche rischio, – rispose Perlasca, – per ottenere qualcosa.
– E perché fa tutto questo?
– Ogni giorno vedo uccidere delle persone e non posso sopportarlo. Ho la possibilità di fare qualcosa e voglio almeno provarci. E poi anch'io, un giorno, dovrò fare i conti con la mia coscienza... come tutti.
Sanz Briz rimase un po' assorto.
– Allora cosa pensa di fare?
– Signor ambasciatore, io credo che cercando di parlare con

i loro capi si possa trovare un accordo, una specie di tregua: far sí che considerino le case protette delle zone realmente inaccessibili. È l'ultimo posto nell'intera Budapest dove gli ebrei possano sperare di trovare un rifugio, senza essere uccisi o peggio... Dobbiamo trovare una soluzione. So che ci sono alcuni capi molto sensibili al denaro: possiamo corromperli e ottenere la liberazione di alcuni prigionieri. Dobbiamo provarci.

Sanz Briz si appoggiò allo schienale e si massaggiò le tempie.

– Lei è sicuro delle informazioni di cui dispone? – Farkas ruppe improvvisamente il silenzio in cui sembrava essere sprofondato. Poi continuò con tono pacato, come sua abitudine: – Pensa che questo Gera si possa in qualche modo convincere? È sicuro di sapere chi si può corrompere e chi no? Una mossa falsa, offrire dei soldi a chi non li accetta... ci farebbe perdere la faccia. Lei sa che molti dei permessi delle altre legazioni non contano nulla, perché ormai è evidente che gli ebrei devono pagare per averli? Non valgono nemmeno la carta sulla quale li hanno stampati e mostrarli vuol dire farsi arrestare immediatamente.

– Ma i nostri, quelli dell'ambasciata di Spagna, sono buoni! A nessuno viene chiesto nemmeno un soldo per averli, – rispose Perlasca, con tono risentito.

– Su questo non ho alcun dubbio: io stesso li controllo. Ma quando si comincia a mescolare il denaro a faccende piú alte, signor Perlasca, si rischia di restare insudiciati. Quando si tratta con degli assassini, come Gera e la sua banda, si resta coinvolti. Diventa poi difficile, per gli altri, distinguere chi era il buono e chi il traditore. Scendere a patti o regalare dei

soldi a chi sta torturando e massacrando donne e bambini... – intervenne Farkas.
Perlasca non lo lasciò finire: – Avvocato, se scendere a patti con gli assassini può servire a salvare qualche vita, allora si può fare.
L'ambasciatore, avvertendo una tensione crescente tra i due uomini, alzò la mano sinistra per imporre il silenzio.
– Signor Perlasca, si faccia dire dalla signora Tourné di quale cifra da devolvere a questa opera di «convincimento» potrebbe disporre l'ambasciata. Soltanto per avere un'idea. Poi cerchi di muoversi con grande circospezione: provi a sondare, con molta attenzione, e mi tenga costantemente informato.
Perlasca, credendo che il colloquio fosse finito, fece per alzarsi.
– La situazione diplomatica sta cambiando velocemente e purtroppo non a nostro favore, – proseguí l'ambasciatore. – La Spagna non è intenzionata a riconoscere il nuovo governo ungherese: i nazisti di qua non piacciono a Madrid. Però da Budapest arrivano pressioni per un riconoscimento ufficiale e già molti paesi lo hanno concesso. Presto chiederanno a tutte le rappresentanze diplomatiche di trasferirsi a Sopron, al confine con l'Austria; lo chiederanno anche a quella spagnola, e questo vorrebbe dire...
– ... abbandonare i protetti al loro destino? – lo interruppe Perlasca, quasi saltando sulla sedia.
– Non solo. Vorrebbe dire che la Spagna potrebbe decidere di ritirare i propri ambasciatori e tutti i diplomatici. Segnerebbe la chiusura dell'ambasciata di Spagna in Ungheria.
– La fine di tutto... – Perlasca fissò Farkas che era sprofondato nuovamente nel silenzio piú assoluto.

– Lei capirà, – proseguí Sanz Briz, – che, in questa situazione, anche il suo viaggio verso la Svizzera diventa praticamente impossibile da organizzare... sicuramente si dovrà posticipare. In questo momento i nostri contatti con la Spagna sono sempre piú rari e difficili, e le frontiere ungheresi sono praticamente sigillate. Avrebbe dovuto partire subito, Perlasca.

L'avvocato Farkas lo guardò in silenzio.

– Ecco perché le raccomando la massima discrezione: non si metta nei guai, Jorge, perché la Spagna potrebbe non riuscire a tirarla fuori. Per lo meno non ci riuscirei io. Mi ha capito?

Perlasca fece di sí con la testa e lo fissò negli occhi.

– Andrò comunque a parlare con Gera e cercherò di trovare un qualche tipo di accordo con le Croci Frecciate e con i tedeschi.

– Li lasci perdere, i tedeschi: almeno quelli! – disse Farkas. – Si concentri su un pericolo alla volta.

Considerato concluso il colloquio, Perlasca si alzò, salutò e, solo quando fu di nuovo all'aperto, pensò all'Italia: chissà cosa stava accadendo a Trieste in quei giorni... Non sarebbe riuscito a passare il Natale con sua moglie e con i suoi amici.

12. Gera

Jorge si era vestito il piú elegantemente possibile e questo non era passato inosservato alla segretaria che lo aveva accolto nell'anticamera dell'ufficio di Gera.

La sera prima Sanz Briz aveva cercato d'istruirlo sul comportamento da tenere con il capo delle Croci Frecciate di Budapest, ma Perlasca non era sicuro di poter ricordare tutto. Si sedette quasi di fronte alla porta dell'ufficio dell'uomo che stava seminando terrore e morte per le vie della città e si accese una sigaretta, come se quella fosse una delle tante visite che aveva in programma per quella giornata; nella borsa di pelle che aveva appoggiato sulla sedia accanto teneva un fascio di documenti scritti in spagnolo, di cui continuava a ignorare la possibile utilità.

Si passò tre dita sul nodo della cravatta per controllare che fosse perfetto e si accorse che gli si era seccata la gola. Non sarebbe riuscito a ingannare il Ministro: non sapeva nulla di diplomazia e la breve lezioncina che gli aveva dato l'avvocato Farkas non poteva funzionare.

Le dita gli tremavano e un piccolo cilindro di cenere gli era caduto sui pantaloni, fermandosi dentro a una piega. Si alzò e incrociò lo sguardo della segretaria, che, dalla sua piccola scrivania ingombra di fogli, gli sorrise; per scacciare la paura, Perlasca le si avvicinò e ricambiò il sorriso, sperando che delle innocenti chiacchiere sul tempo e sul Natale servissero ad allontanare la tensione. Raccontò un paio di aneddoti sulla vita in Spagna e sulla bellezza delle donne dei due paesi e si sentí meglio.

Quando però la porta dell'ufficio di Gera si aprí, ne uscirono due italiani, che Perlasca aveva incontrato l'anno prima negli uffici dell'ambasciata italiana, e che lo fissarono incuriositi. Si girò rapido verso la finestra e armeggiò con l'accendino, le mani davanti al volto, con la scusa di un'altra sigaretta, le tempie umide di sudore freddo.

Dopo alcuni tentativi, avvicinò il tabacco alla piccola fiamma, sempre tenendosi addossato al vetro; alle sue spalle sentí uno scambio di frasi in ungherese e la voce argentina della segretaria che accompagnava i due ospiti all'uscita con una piccola risata.

Perlasca, avvolto in una nuvola azzurrina di fumo, accolse con sollievo il ritorno della ragazza.

– Tra poco potrà entrare anche lei, – annunciò tutta sorridente, tornando al suo posto. – Pensi un po' che uno di quei due l'aveva scambiata per un italiano. Un commerciante di carne.

Tirò un'altra boccata di fumo e la guardò con un sorriso.

– Italiani e spagnoli, che popoli. Siamo un po' come dei cugini, – scherzò rinforzando il suo accento spagnolo, prima di rimettersi a sedere. – E anche gli ungheresi, non trova?

Lei sorrise a lungo, tenendo lo sguardo rivolto ai documenti sulla scrivania, e lui, dimenticandosi il pericolo appena sfiorato, si concentrò sull'incontro che lo attendeva.

Quando la porta finalmente si aprí, Perlasca poté accomodarsi. Si ricordò di rivolgersi a Gera chiamandolo «Dottor Gera», si presentò come diplomatico della legazione spagnola e, prima che riuscisse a ripetere la lezione che aveva quasi imparato a memoria, l'altro lo fermò.

– Sono contento che sia lei a occuparsi di queste cose: l'avvocato Farkas è pur sempre un ebreo.

Perlasca lo ascoltò, senza replicare; poi si schiarí la voce.

– Ecco, partirei proprio da questo punto, per riassumerle brevemente la posizione della Spagna sulla faccenda degli ebrei. Se lei permette...

Ma alla parola «ebrei» il viso di Gera era improvvisamente sbiancato. Gettò a terra un fascio di fogli che teneva sulla scrivania, bestemmiando e maledicendo gli «ebrei assassini».

– Come può venire a parlarmi di ebrei, con tanta tranquillità?!

Gera si era alzato in piedi e il suo viso ora era rosso di collera.

– Soltanto ieri quei maledetti hanno tentato di uccidermi: un gruppo di assassini ha lanciato una bomba nel teatro dove io stavo parlando al popolo ungherese...

Sembrava sull'orlo del pianto: si muoveva come un folle per la stanza e agitava le mani verso il cielo, tremando e imprecando.

– Non possono essere stati gli ebrei protetti dall'ambasciata spagnola, perché nessuno di loro ha lasciato le case, secondo i regolamenti... – Perlasca cercò di calmarlo, ma quello invece cominciò a camminare sempre piú velocemente, muovendosi a scatti, in preda a una vera crisi isterica.

– Tutti sono responsabili, tutti! Bisogna ucciderli tutti, non risparmiarne nemmeno uno. Dobbiamo ucciderli, – comin-

ciò a urlare e a tossire. – Nemmeno un ebreo deve sopravvivere! Nemmeno un bambino ebreo, nessuno. Dobbiamo far sparire tutta la razza, tutta intera!
Perlasca non disse nulla, ma rimase seduto immobile a fissare quella belva che si aggirava per la stanza: lasciò che Gera continuasse in quella sua sfuriata, sopportò le sue urla e il rumore di vetri infranti quando scagliò una lampada da tavolo contro la parete.
Il comandante maledisse Farkas e l'ambasciata spagnola, i servi degli ebrei, i cuori deboli e compassionevoli; gli puntò il dito contro e sbraitò ancora, ma Perlasca attese pazientemente che gli passasse.
Quando Gera si lasciò cadere di nuovo sulla sua poltrona, ansimante e con la voce roca, Jorge attese ancora qualche minuto; poi gli rivolse di nuovo la parola, con calma, come se nulla fosse accaduto.
– Dottor Gera, gli ebrei ungheresi, a seguito delle leggi razziali di questo paese, hanno perduto la nazionalità; pertanto il governo di Spagna intende concedere a un certo numero di questi, un numero per ora difficilmente quantificabile, la nazionalità spagnola. A tutti quelli che discendono da ebrei sefarditi, e quindi spagnoli, o che abbiano rapporti di parentela con i miei... connazionali, o rapporti duraturi di tipo commerciale, o altro. Questa è la politica che abbiamo seguito anche in altre nazioni.
Gera lo fissò incredulo e stravolto dal gran urlare che aveva appena fatto. Perlasca proseguí, passando dagli accordi diplomatici e di politica estera alla grande amicizia e simpatia che univano Spagna e Ungheria, e a come questi rapporti non

potessero essere guastati da una cosa senza importanza come pochi ebrei.

– Dottor Gera, Ungheria e Spagna sono due nazioni unite dagli stessi ideali fascisti, anche se il nostro generalissimo Franco ha preferito che la Spagna non prendesse parte a questa guerra. Non lasciamo che una piccola incomprensione rovini tutto.

Si concesse una pausa, per tirare un breve respiro e spiare le reazioni del suo interlocutore, che ascoltava immobile, con una mano appoggiata alla guancia.

– Per evitare complicazioni e fastidi allo Stato ungherese, questi cittadini spagnoli in attesa di espatriare... appena le condizioni alle frontiere saranno ritornate alla normalità, – proseguí Perlasca, – questi cittadini, dicevo, resteranno confinati in alcune case protette, di proprietà della Spagna.

Gera lo fissò intensamente, in silenzio, ma Perlasca sostenne lo sguardo penetrante.

– Lei è il primo che non viene qui a parlarmi di motivi umanitari e di altre balle di questo tipo, come invece hanno fatto le altre legazioni.

– Dottor Gera, siamo tutti e due uomini abituati a trattare ragioni di Stato e non possiamo permetterci di agire su iniziative personali, – Perlasca mantenne un tono freddo e distaccato, anche se aveva davanti agli occhi le immagini di uomini, donne e bambini trattati come bestie. Si concentrò sulla convinzione che Gera avesse ancora meno competenza in fatto di questioni diplomatiche e politica estera di quanta ne potesse avere lui stesso, quindi proseguí il suo *bluff*, sentendo il velo di sudore sulle tempie che si asciugava.

– Come lei saprà bene, lo Stato spagnolo è molto attento a difendere i propri cittadini in qualsiasi parte del mondo e in qualsiasi situazione si trovino. E proprio adesso, che il nuovo governo ungherese aspetta il riconoscimento internazionale, è interesse reciproco che siano mantenuti ottimi rapporti e che nessuna ombra ostacoli l'amicizia tra i nostri paesi.

Gera sembrava essersi rasserenato: la sfuriata di prima era solo un ricordo. Fissava quasi con simpatia l'uomo che lui riteneva un alto diplomatico spagnolo e ascoltava le sue parole annuendo col capo.

Rimasero ancora a chiacchierare e Perlasca lasciò gli indirizzi di tutte le case protette della Spagna, affinché Gera potesse provvedere ad avvisare i suoi uomini, come se fosse un'azione scontata che non meritava nessun commento ulteriore.

Al momento di salutarsi, Gera si alzò e lo accompagnò fino alla porta.

– Signor Perlasca, ricordi ai suoi protetti di non farsi trovare in giro durante il coprifuoco o senza il segno di riconoscimento obbligatorio. E non aumentate troppo il loro numero: restate intorno ai trecento che avete in questi giorni. A presto.

Nello stringergli la mano Perlasca provò un brivido sgradevole (il contatto con quell'uomo gli dettava una terribile ripugnanza), ma gli rivolse ugualmente un ampio sorriso.

– Si ricordi, Perlasca: trecento protetti, non di piú, – la voce di Gera echeggiò alle sue spalle.

Mentre la grossa Ford ripercorreva le strade della città, Perlasca, tenendo in grembo la sua borsa da diplomatico, chiese al suo autista: – Sono sempre tremila i nostri protetti?

– Tremilacentododici, secondo l'ultimo appello di ieri sera. Sono arrivate le liste di tutte e otto le case.

– Bene, – Perlasca si abbandonò sul sedile con un piccolo sorriso di soddisfazione. – Mi era sembrato, infatti, che anche il numero che ha detto Gera cominciasse per tre.

13. Sui tetti

Eva strisciò verso il bordo della grande terrazza di Palazzo Santo Stefano, cercando di essere come un'ombra sul pavimento grezzo: le piaceva restare cosí, perché poteva fingere di essere un pezzo di pietra e di non sentire né fame, né freddo, né alcun dolore; rimase a fissare la luce del sole basso sull'orizzonte, senza riuscire a scorgere nulla di interessante, ma in lontananza risuonavano ben distinti dei colpi di cannone.
– Che cos'è? – chiese Helga che l'aveva seguita.
– Sono i russi. Stanno sparando ai tedeschi per farli a pezzi. Tra pochi giorni saranno in città, vedrai, e cacceranno via i soldati di Hitler, i poliziotti cattivi e persino le Croci Frecciate.
– Io non li vedo, – protestò Helga, sistemandosi le trecce.
– Resta giú! Vuoi che una guardia ti scopra dalla strada?
Restarono cosí per un po', a guardare le strade dall'alto, senza parlare, finché Eva si mosse verso il tetto. Pur avendo entrambe quattordici anni, Helga sembrava ancora una bambina e non faceva nulla senza la sua nuova amica; Eva l'aveva accolta nell'androne il giorno del suo arrivo e le aveva spiegato come funzionava l'organizzazione della casa: da quel momento si era assunta il ruolo di protettrice, trasformando cosí Helga nella sorella che non aveva mai avuto.
– Hai freddo? Vai già dentro? – chiese Helga, angosciata all'i-

dea di dover tornare al sesto piano, con altre sessantatre persone. In quelle stanze, appena chiudeva gli occhi, tornava a visitarla l'incubo del fiume, con le scarpe allineate lungo la riva, i cadaveri che galleggiavano attorno a lei e il suo corpo che veniva risucchiato verso il fondo, sotto la crosta di ghiaccio.

– Vado a prendere la neve, – disse Eva, mostrandole la latta che una volta aveva contenuto marmellata; adesso, da quando le tubature dell'acqua della casa erano saltate, serviva a far sciogliere la neve per avere l'acqua.

Purtroppo già molti degli abitanti della casa erano saliti sul tetto a far provvista d'acqua, e per prendere della neve pulita bisognava arrampicarsi sulle tegole: la neve del giorno prima era già ghiacciata e formava una crosta difficile da scavare con le mani intorpidite, anche aiutandosi con la latta.

Eva si tolse un guanto e sentí subito le dita farsi rigide per il freddo. Riempí il contenitore e poi tornò giú, facendo attenzione a non dimenticarsi il guanto che, anche se era bucato sulla punta delle dita e rattoppato almeno cento volte, poteva far gola a qualcuno.

– Helga, cosa stai guardando? – chiese all'amica.

– Guardo la città e penso che mi piacerebbe tornare a camminare per la strada. Anche se non c'è piú niente, anche se i negozi sono vuoti. Solo passeggiare come una volta e non dover stare sempre rinchiusi in questa casa. Magari andare al parco. E non sognare piú di venir legata e gettata nel Danubio, – ma l'ultima frase la pensò solamente.

Anche Eva avrebbe voluto uscire, tornare a passeggiare per le strade di Budapest, andare a trovare le sue amiche e la gente che conosceva. Accarezzando il medaglione che portava al collo, pensò che sarebbe stato bello prendere la funicolare e salire dal Ponte delle Catene fino alla collina del Castello e da lí ammirare la città, magari in uno dei rari giorni di sole invernale; fare la signora, passare il pomeriggio nel calore delle acque termali del Palatinus e poi passeggiare per l'Isola Margherita al braccio di un elegante cavaliere, che magari avrebbe potuto assomigliare a Jorge: l'avrebbe invitata al ristorante, a mangiare l'oca con le castagne e poi budino caldo, o il marzapane al cioccolato. Assieme a lui sarebbe tornata alla sua vecchia strada, per fargli assaggiare i dolci che preparava il suo fornaio.

Era un sogno impossibile: chi usciva dalla casa protetta correva il rischio di essere preso dalle Croci Frecciate, picchiato e portato nei campi. Per sempre. O ucciso. E poi anche il fornaio, come tutta la gente che aveva vissuto nel suo quartiere, poteva essere morto o scappato lontano; persino dentro casa sua adesso abitava la famiglia cattiva dell'impiegato dell'ufficio postale – un uomo basso e calvo, con gli occhiali dalle lenti spèsse, che si vantava di essere uno scrittore, uno di quelli che erano usciti in strada ad applaudire quando i tedeschi erano venuti a portar via il dentista e sua moglie perché ebrei.

Una vecchia tutta imbacuccata uscí dalla piccola porta metallica e si mosse per la terrazza alle loro spalle, attenta a non scivolare, strascicando i passi incerti nella fanghiglia; aveva almeno tre scialli avvolti attorno alla testa e alle spalle, di colori diversi, e solo il naso e la punta del mento spuntavano da tutti quegli strati, tanto che faceva fatica a vedere dove andava. Camminava rattrappita per il freddo, perché non aveva il cap-

potto, ma indossava due gonne, una sopra l'altra, e una vecchia giacca da uomo con i gomiti sfondati. Fissò le scarpe delle due ragazze e poi batté i piedi, che erano avvolti con degli stracci sporchi, uno contro l'altro, per cercare di scaldarli.
– C'è la strega, – bisbigliò Helga, coprendosi la bocca con il guanto e mettendosi a ridere. Anche Eva rise, nascondendo istintivamente il medaglione, l'unico oggetto prezioso che aveva ancora con sé; in verità sapeva che la strega era solo una povera donna a cui, mentre dormiva, avevano rubato le scarpe. Si era sistemata nella sua stessa stanza e, notte dopo notte, il suo posto era finito sotto la finestra, sospinta nell'angolo piú freddo; era sempre sola e faceva fatica a procurarsi da mangiare. Non sempre subire gli stessi torti, patire le stesse sofferenze e privazioni rende le vittime piú vicine a chi sta vivendo un'identica tragedia: tutte quelle persone stipate in pochi metri, costrette a condividere tutto, a volte diventavano nemiche tra loro e le urla e le liti non erano rare.
La vecchia si avvicinò all'angolo del tetto, prese una manciata della neve piú vicina, anche se era sporca, e la infilò in una tazza di latta che teneva legata alla cintura con un cordone attorcigliato e annodato piú volte. Prima di tornare di sotto guardò di nuovo le loro scarpe e pressò con la mano la neve nella tazza.
– Ehi, guarda là: è tornato, – disse Eva, indicando un'ombra in movimento sopra un tetto vicino.
– Il Ragazzo Saltatore. Chissà cos'ha trovato stavolta, – rispose Helga, che avrebbe voluto che si avvicinasse un po' di piú, per potergli parlare; non riusciva a vederlo bene, perché si era sistemato dietro ai camini, probabilmente per mangiare in pace quello che aveva trovato, evitando che qualcuno

gliene chiedesse un pezzo. Tutti nel palazzo avevano sempre fame e lo spagnolo aveva raccomandato anche agli adulti di uscire solo in caso di estrema necessità. Se volevano vivere dovevano stare tutti ammassati in quell'edificio: fuori per loro c'era solo la morte.

Cosí era per tutti, ma non per il Ragazzo Saltatore: lui passava per i lucernari, s'infilava nei sottotetti e scendeva per le rampe delle scale fino alle cantine. Forse ogni tanto andava anche in strada, chi poteva dirlo.

– Ti sei incantata a guardare il tuo Amore Saltatore, Helga? – l'amica, ridendo, le diede una tiratina alle trecce, che spuntavano dal berretto di lana.

– Ma quanto sei scema. Guardavo il Danubio.

– Il fiume però è di là, – Eva rise, – e tu guardavi da questa parte.

Helga distolse lo sguardo e fissò ostinatamente il parco sottostante, per darsi un contegno. La piazza era attraversata da un gruppo di Croci Frecciate a passo di corsa e alcuni soldati ne pattugliavano gli angoli.

– Guarda, quella è l'auto di Lasca! – esclamò Eva, mentre le parole di poco prima le morivano tra le labbra. Un soldato armato aveva fatto accostare l'auto con le bandiere della Spagna e Perlasca, in piedi accanto al finestrino del conducente, cercava di capire cosa stesse succedendo.

– Gastone, non scendere dall'auto, – ordinò al giovane Tourné, appoggiando una mano alla portiera. – Se il soldato ti obbliga a ripartire, da' un colpo di clacson. Vado a parlare con qualcuno che sappia dirmi cosa sta succedendo.

A dirigere le operazioni in quell'area, adesso che le Croci

Frecciate si erano raggruppate lungo il lato opposto del parco, c'era Tarpataki, un maggiore ungherese dai baffi curati e dalla divisa impeccabile che Perlasca aveva già incontrato durante una sua visita agli uffici della polizia.
– Buon pomeriggio, – esordí Perlasca quando erano ancora distanti una decina di metri. – Cosa è successo?
Il maggiore stava osservando i suoi uomini mentre perlustravano un gruppo di cespugli alla ricerca di possibili fuggitivi.
– Un gruppo di ebrei si è allontanato dal Ghetto. Le Croci Frecciate ne hanno catturati tre senza le stelle gialle cucite sugli abiti.
Perlasca guardò i nazisti ungheresi che ammanettavano i fuggitivi.
– Che fine faranno?
– Non so che dirle, io sono responsabile solo di questo quartiere, – Tarpataki indicò le case alle sue spalle. – Le Croci Frecciate si sono portate persino un incaricato del Ministero degli Interni. Non posso fare proprio nulla, mi creda.
Il suo sguardo era sinceramente addolorato e Perlasca sapeva che, malgrado l'aspetto burbero e la divisa, Tarpataki era un brav'uomo.
In quel momento un grosso cespuglio sempreverde si agitò e due figure ne sgusciarono fuori, tenendosi al riparo. Il maggiore, per puro istinto di combattente, estrasse la pistola che portava al fianco, ma rimase silenzioso e non puntò l'arma verso la giovane coppia, che cercava di allontanarsi di nascosto; l'uomo riuscí a raggiungere un tronco, abbastanza grosso da offrirgli un riparo, ma la donna fece un rumore che allarmò un soldato particolarmente zelante.

Perlasca udí chiaramente il rumore del fucile che veniva armato, prima che il soldato lo puntasse contro la schiena della donna, pronto a far fuoco.
Tarpataki, allora, precipitandosi verso la donna, urlò: – Fermi o sparo!
Quella si arrestò all'istante, mentre l'uomo usciva lentamente dal suo nascondiglio con le mani in alto. Il soldato rimase immobile, pronto a sparare.
Eva e Helga, al riparo della terrazza, trattennero il respiro, in attesa di udire i colpi mortali. Helga, con gli occhi chiusi, strinse con forza la mano dell'amica.
– Portateli qui! – ordinò il maggiore e il soldato finalmente si decise ad abbassare l'arma; spintonò la coppia davanti a Tarpataki, esibendo un sorriso soddisfatto.
– Maggiore, li consegno alle Croci Frecciate con gli altri? – chiese, con lo sguardo di chi si aspetta una promozione.
– No, soldato, – disse Tarpataki. – I due prigionieri vanno consegnati alla legazione di Spagna. Sono i due spagnoli che il signor Perlasca stava cercando. Li scorti fino a quell'auto e faccia attenzione che non tentino di nuovo la fuga.
Tarpataki guardò il gruppo di Croci Frecciate dall'altra parte del parco, per cercare di prevedere le loro reazioni, e poi si voltò verso Perlasca, parlando a bassa voce.
– Adesso veda di andarsene via al piú presto, prima che qualcuno si accorga che vi sto aiutando.
Perlasca si toccò il cappello. – Quando questa guerra sarà finita (perché è ovvio che presto tutto questo sarà solo un incubo del passato), la gente si ricorderà di lei, di quello che ha fatto.
– Vada, le smancerie le teniamo per un'altra occasione. Quando

questa guerra sarà finita, nessuno vorrà ricordare quello che è successo. Tutti vorranno solo dimenticare e tornare alla vita di sempre. Ed è quello che vorrei fare anch'io, se non mi uccideranno prima i tedeschi o i russi.
Tarpataki si voltò verso i suoi uomini e li raggruppò, mentre Perlasca si metteva di buon passo sulle tracce del terzetto.
– Adesso puoi riaprire gli occhi, – bisbigliò Eva, – è tutto finito.
Dall'alto, le due ragazze videro Perlasca spingere dentro l'auto la coppia appena salvata e le Croci Frecciate allontanarsi con gli altri prigionieri.
– Mi chiedo cosa possa aver detto Lasca ai soldati per convincerli a consegnare quei due a lui e non ai nazisti, – bisbigliò Eva.
– Io mi aspettavo di sentire gli spari e di vederli morti, – aggiunse Helga, continuando a stringerle la mano.
Il giovane Tourné accese i fari e guidò piano, reimmettendosi nel traffico della via principale, mentre Perlasca continuava a controllare la situazione alle loro spalle e le mosse delle Croci Frecciate nel parco. Quando si accorse che la donna aveva il viso sporco del sangue che le usciva da un taglio, le passò un fazzoletto.
– È tutto finito, – cercò di rassicurarla. Ma sapeva benissimo che si trattava solo di una pausa: non era ancora finito nulla.
L'uomo le passò un braccio attorno alle spalle e il suo viso scomparve, avvolto dall'abbraccio.
Appena l'auto si fermò nel cortile della casa di via Kàroly, arrivò di corsa Kinga, ciabattando nelle sue scarpe da uomo, troppo larghe per i suoi piedi.

– Hai trovato la mia mamma? – chiese speranzosa, cercando di sbirciare oltre ai finestrini. Ormai Kinga passava quasi tutta la giornata accanto al cancello, aspettandosi di vederla comparire da un momento all'altro. Piú il tempo passava meno probabilità c'erano di rivedere viva la donna che era uscita per cercare la sorella: lo sapeva bene il marito e cominciava a sospettarlo anche la figlia.
Quando i due nuovi ospiti scesero dall'auto, Kinga si allontanò, sconsolata.

14. Sanz Briz, addio

La sera del 30 novembre Perlasca aspettava impaziente il ritorno di Sanz Briz, perché aveva bisogno di una lettera particolare, scritta dall'ambasciatore in persona; come sempre quando si sentiva impaziente, fumava nervosamente appoggiato allo stipite di una finestra.

– Ma quando rientra l'ambasciatore? – chiese, quando vide la signora Tourné uscire dal suo ufficio.

– Non saprei, doveva ricevere importanti notizie direttamente dalla Spagna.

– Cose grosse, direi, – Perlasca consultò l'orologio. – Ormai è sera e non si vede ancora.

Aveva perso ogni speranza di riuscire a parlargli, per quel giorno, ma quando si affacciò alla finestra con la sigaretta accesa sentí il rumore consueto della grossa Ford che entrava nel cortile.

– Era ora, – e si diresse verso la scalinata che portava al piano superiore. Riuscí però a vedere a malapena una gamba dell'ambasciatore che s'infilava dentro al suo ufficio e chiudeva rapidamente la porta dietro ai suoi tacchi.

– Dev'essere successo qualcosa, – si lamentò la signora Tourné, ma nemmeno Perlasca osò disturbarlo finché, piú tardi, non fu l'ambasciatore stesso a farlo chiamare.

– Amico mio, notizie terribili e grandi cambiamenti. Questa

sera si chiude l'ambasciata. Ufficialmente la Spagna non avrà nessuno a rappresentarla qui in Ungheria. La mia nazione... quella che è diventata la nostra nazione, oramai, – e qui l'ambasciatore si permise un piccolo sorriso sul volto preoccupato, – non vuole riconoscere la nuova Ungheria, in mano a questi folli fanatici. E quindi ci ritiriamo in Svizzera, in territorio neutrale.

I due uomini si guardarono negli occhi.

– La nostra avventura finisce qui. Domani mattina partirò e la notizia sarà ufficiale. Volevo che lei fosse il primo a saperlo. I miei superiori mi richiamano. Ammainiamo la bandiera di Spagna. Qui abbiamo chiuso, tutto finito. Un treno speciale mi porterà oltre la frontiera ungherese e da lí in Svizzera, o chissà dove.

Angel Sanz Briz allungò la mano e strinse con forza quella di Perlasca.

– Grazie, per tutto quello che ha fatto per... per noi.

Si girò bruscamente, sciogliendo la mano dalla stretta, per recuperare alcuni documenti e infilarli in una cartella di pelle nera. Ne scorse altri e, dopo una rapida occhiata, li gettò nel caminetto acceso.

– Ah, ovviamente ho pensato anche a lei: tra qualche giorno arriverà un permesso di uscita a suo nome. Vedrò di farle riservare un posto in un treno in partenza per la Svizzera. Ci rincontreremo là e, con un po' di pazienza e di cautela, un giorno potrà raggiungere l'Italia.

Si guardarono di nuovo, in silenzio. Perlasca aveva capito esattamente quello che stava per accadere, ma non riusciva ancora a crederci.

– Adesso, se mi fa la cortesia di chiamare la signora Tourné... ho molto lavoro da sbrigare, prima di abbandonare questo palazzo che è stato casa mia per tanto tempo.

L'ambasciatore frugò in un altro pacco di documenti e cominciò a separarli, poi rialzò lo sguardo verso Perlasca che era rimasto immobile accanto alla scrivania.

– Non è contento? Finalmente torna a casa. Ho fatto tutto il possibile: tra pochi giorni potrà salire sul treno che la porterà fuori da tutta questa follia.

– Sí, lo so che ha fatto tutto il possibile per me e anche di piú. E la ringrazio, signor ambasciatore, veramente.

– E allora cosa c'è?

– Se domani mattina si sparge la voce che l'ambasciata di Spagna ha chiuso, chi difenderà le case protette? Tutte le donne, i bambini, gli uomini che in questi giorni abbiamo aiutato, che abbiamo recuperato quando venivano arrestati... che fine faranno? Chi li tirerà fuori dai guai, da domani?

L'ambasciatore ricontrollò distrattamente i fogli che stringeva tra le dita.

– Loro dovranno arrangiarsi... in qualche modo faranno. Noi non possiamo fare di piú. Ci penseranno le altre legazioni diplomatiche, quella svedese o quella svizzera: loro restano in Ungheria.

– Lei sa benissimo che tra gli svedesi purtroppo non tutti sono come Wallenberg: c'è anche chi non muoverà un dito per gli ebrei, anzi, sarà il primo a venderli alle Croci Frecciate e magari ci guadagnerà pure qualcosa, – Perlasca si mise davanti all'ambasciatore. – La Svizzera, poi... anche lei conosce la storia dei visti venduti sottobanco dagli impiegati...

– C'è sempre la Croce Rossa. Troveranno una sistemazione anche per i nostri.
– La Croce Rossa fa quel che può: riesce a sistemare qualche caso isolato, come i due gemelli. Ma trovarsi a dover provvedere a tremila persone in un colpo solo è una cosa diversa: non ce la faranno. E poi non è un mistero che i viveri della Croce Rossa, invece di essere distribuiti, vengono venduti al mercato nero.
– Questa è una voce non confermata. Insomma, Perlasca, cosa vuole da me? Che disobbedisca? Che m'inventi una politica spagnola a mio gusto?
Restarono a guardarsi senza parole; infine si strinsero la mano, malgrado tutto.
– Vedrà che le cose si sistemeranno, Jorge: arriverà il suo treno e con i documenti che ha a disposizione tornerà a casa. Buona fortuna, tenga duro ancora un po'.
Perlasca uscí dall'ufficio con la testa bassa, mentre l'ambasciatore chiamava due volte il nome della signora Tourné. Avrebbe dovuto essere felice: sarebbero arrivati i documenti, avrebbe finalmente passato il confine su uno dei pochi treni che lasciavano l'Ungheria e nemmeno i tedeschi avrebbero potuto fermarlo.
Pochi giorni e sarebbe arrivato in Svizzera: un paese neutrale, che non conosceva la guerra; poi da lí a casa, da sua moglie, dai suoi amici...
Eppure non riusciva a esserlo. Pensava a Moshe, a Eva, a Helga, a tutti i visi e le vite che aveva avuto davanti in quei giorni. Pensava a come fosse facile morire a Budapest, specialmente per gli ebrei. Pensava a Kinga e a suo padre, ai

campi di concentramento, alla gente che spariva nella notte e nessuno ne sapeva piú nulla, ai treni carichi di persone stipate come animali.

Si fermò a guardare fuori dalla finestra: un passante solitario sfidava la nebbia gelata e i pericoli nascosti negli angoli bui della città.

Come sarebbero riusciti a sopravvivere i bambini?

La signora Tourné uscí in fretta dall'ufficio, pallida in volto, per ritornare dentro dopo pochi minuti con alcune scatole di cartone vuote; guardò appena nella direzione di Perlasca, appoggiato all'infisso della finestra. Suo figlio invece gli si avvicinò e, bisbigliando, gli chiese: – Parte anche lei stasera? Domani mattina?

– Non lo so. Aspetto che mi chiamino quando ci sarà un treno disponibile, Gastone, – ma la voce gli si seccò in gola e si limitò a mettere una mano sul braccio del giovane autista. – Avremo tutto il tempo per salutarci.

Poi se ne andò in cortile a camminare, per scacciare la tristezza che lo stava divorando.

All'alba caricarono i bagagli dell'ambasciatore e le scatole dei documenti sulla Ford. Quando Sanz Briz scese le scale per l'ultima volta, tutti i suoi collaboratori erano lí, schierati lungo i gradini per l'ultimo saluto. In basso, accanto al cancello, Perlasca aspettava, col bavero rialzato e le mani nelle tasche del cappotto.

– Allora... arrivederci, – l'ambasciatore strinse tutte le mani e sparí dentro l'auto.

Un minuto dopo tutto era finito: si sentiva appena il rumore dell'auto che si perdeva per le vie della città, come se già non fosse piú su quella stessa terra e tutti loro fossero abbandonati a un destino disperato.

La grande bandiera di Spagna cadeva immobile, nell'aria fredda, senza vento.

15. Perduti!

La mattina del primo dicembre le Croci Frecciate non aspettarono nemmeno che il sole fosse alto, dietro al velo spesso di nuvole, nel cielo di Budapest: quando si diffuse la notizia che l'ambasciata di Spagna era stata chiusa e Sanz Briz partito, si diressero, coi loro camion, alla prima delle case protette. Con i fucili buttarono giú le porte e radunarono tutti gli ebrei nel cortile interno o sulla strada. Chi era riuscito a prendere qualcosa con sé lo proteggeva, come se fosse un tesoro preziosissimo. E in realtà era proprio cosí: era chiaro che li stavano radunando per spedirli ai campi e che ogni piú piccolo oggetto, se non veniva sequestrato, poteva decidere della loro sopravvivenza o della loro morte.

Gli uomini armati rubavano tutto quello che sembrava potesse avere qualche valore, pronti a sparare alla minima protesta.

Eva e Helga, si tenevano per mano vicino al gruppo dei bambini, osservando di nascosto gli assalitori coi mitra che spingevano tutti fuori, per dividerli in gruppi e li disponevano in fila per due. Dopo i primi ordini bastava indicare in silenzio un posto e le persone si muovevano per inerzia: rassegnate si allineavano due a due dietro le schiene di altri e restavano in attesa.

Nemmeno un passante per strada, nemmeno un'auto. Solo i

nazisti armati e gli abitanti della casa protetta che si stringevano al petto le poche cose che erano riusciti a salvare.
Alcuni nazisti erano saliti fino al tetto del palazzo di Piazza Santo Stefano, dove Helga ed Eva avevano preso tante volte la neve per bere, e adesso trascinavano giú tutti quelli che si erano nascosti. Urlavano e puntavano i fucili anche quando non ce n'era bisogno, pestavano i loro stivali sul pavimento dei corridoi e distruggevano tutto quello che capitava a tiro.
Un nazista dai capelli rossi e con i denti marci, per guardare cosa c'era nella borsa di Helga, non l'aveva aperta e basta, ma l'aveva stracciata a metà, spargendo tutto il contenuto sulle scale, senza trovare niente che gli interessasse. Aveva controllato anche il fagotto che Eva teneva tra le mani, dove era conservata l'ultima tazzina del servizio buono, senza degnarsi nemmeno di fracassarla. Poi era andato oltre e aveva tolto una scatola di carne dalle mani di una donna, prima di spingerla nella fila.
Helga adesso lottava per non piangere, per non spaventare ancora di piú i bambini. Un sergente dalla testa pelata e con dei baffi sottili rideva vicino al lampione.
– Cominciamo a far camminare questi verso la stazione. Gli altri li facciamo salire sui camion e li mettiamo poi sui treni tutti assieme. Capito? – urlò a due nazisti che perdevano tempo frugando tra i fagotti e le valigie aperte.
– Avanti, camminare, da questa parte! – Il sergente fece cenno al gruppo in cui c'erano Helga ed Eva di cominciare a muoversi.
Eva passò un braccio attorno alle spalle dell'amica e insieme si avviarono dietro alla fila che già si muoveva.

– Restate in fila, bambini, – disse Helga con la voce che le tremava.

– Non parlare, camminare e basta! – urlò il sergente.

Il gruppo si mosse, in una fila ordinata e silenziosa; si sentiva qualcuno piangere di nascosto e i nazisti li controllavano tenendo i fucili puntati. Dietro a loro arrivò il rumore di un motore e un'accelerata, poi il suono di voci e di passi. Eva si voltò speranzosa, ma era solo il primo camion che si avvicinava all'entrata della casa protetta: dal tubo di scappamento usciva un fumo nero e pesante, l'alto cofano amplificava il suono catarroso del motore che lottava contro il freddo.

– Lasca arriverà e ci riporterà a casa, in salvo, – Eva ripeté tra sé, prima di stringere forte la spalla di Helga. E provò a sorridere.

16. In partenza

Poco dopo l'addio a Sanz Briz, anche Perlasca aveva ricevuto l'avviso di tenersi pronto per la partenza. Era ritornato alla stanzetta che gli aveva fatto da casa negli ultimi mesi e aveva sistemato in evidenza sull'alto comò il plico di documenti appena arrivato, proprio sotto allo specchio scheggiato. Controllò di nuovo che tutto fosse a posto: il passaporto spagnolo, la lettera falsa che dimostrava che già due anni prima aveva fatto richiesta di cittadinanza, un lasciapassare per la frontiera, un altro foglio che gli avrebbe permesso di salire sul treno e partire, lasciandosi alle spalle l'intera Ungheria.

Guardando la pallida luce del giorno che iniziava pensò all'Italia, a casa sua, come se potesse vederne già un pezzo, tra le nuvole, a ovest. Infilò le ultime cose nella valigia, ormai consumata e tutta rovinata su un fianco, e tirò le cinghie che minacciavano di saltare.

Senza fretta. Voleva avere tutto il tempo necessario per salutare la città che era stata la sua casa per quasi due anni, prima di partire senza sapere se ci sarebbe mai ritornato.

Uscí in strada, dirigendosi verso l'ambasciata, continuando a immaginare come sarebbero stati i giorni seguenti. Frugò nelle tasche del lungo cappotto, alla ricerca di una sigaretta. Il viaggio si preannunciava lungo e pericoloso, ma la meta ultima sarebbe stata Trieste: avrebbe finalmente potuto riabbracciare sua moglie, rivedere i suoi amici, sentire di nuovo parlare italiano, la sua vera lingua. Se ne sarebbe andato da Budapest, dalle uccisioni per la strada, dagli arresti, dalle torture che ogni giorno si compivano. Avrebbe abbandonato per sempre quell'incubo.

Si ripromise, appena fosse arrivato a Ginevra, di andare a salutare e a ringraziare Sanz Briz; cioccolato, il silenzio dei boschi e niente guerra: questo lo aspettava in Svizzera. Da lí avrebbe pensato a come raggiungere l'Italia. O forse sarebbe stato piú sicuro farsi raggiungere a Ginevra dalla sua Nerina, chissà... Ci avrebbe pensato su.

A riscuoterlo dai suoi pensieri trovò tutto il personale dell'ambasciata giú in cortile, in attesa.

La signora Tourné gli si avvicinò, con Gastone al suo fianco.

– È arrivato anche per lei il momento della partenza, signor Perlasca. Chi l'avrebbe detto? Cosí in fretta...

– A quanto pare. Devo attendere una chiamata di conferma. Signora, io non so come ringraziarla, come ringraziarvi tutti, – Perlasca sapeva di non riuscire a cavarsela bene con i convenevoli: cercava le parole, ma non gli venivano proprio.

La signora allungò la mano e mormorò: – Allora la ringrazio anch'io per quello che ha fatto per noi, cosí siamo pari.

Uno alla volta, tutti gli altri vollero salutarlo. Per ultimo scese l'avvocato Farkas, infilandosi il cappotto sopra alla giacca.

– Signor Perlasca, lei parte e non viene nemmeno a dirmi addio?

– Avvocato, non sarei mai partito senza.

Risero entrambi e in quel momento la guerra parve un po' piú lontana.

– Lei cosa farà?
– Resterò qui: questa è la mia città, cercherò di aiutare la mia gente finché mi sarà possibile. Lei torna tra i suoi e io resto con i miei, – l'avvocato provò a ridere di nuovo, ma si vedeva che era preoccupato e non voleva parlare del futuro. – Ha bisogno di qualcosa?
– No, mi farò portare negli uffici degli svedesi. Si occupano loro del mio ritorno, secondo le istruzioni lasciate da Sanz Briz.
Rimasero qualche secondo a guardarsi senza parlare.
– Allora buon viaggio.
I due uomini si separarono; Perlasca si accorse che tutti gli altri si erano allontanati per ritornare alle loro occupazioni: anche lui sarebbe diventato parte del passato, qualcosa che era accaduto e che non c'era piú. Persino la Buick nel cortile, con le bandierine della Spagna, gli faceva provare quasi una fitta di nostalgia.
Cercò di scacciare tutti questi pensieri concentrandosi sul suo paese d'infanzia, Maserà, con i campi dove andava a giocare da bambino, il caffè di Padova, dove si sedeva ai tavolini all'aperto con gli amici, casa sua a Trieste, la stanza dove sua moglie lo stava aspettando.
Aprí il portone del cortile e si ritrovò fuori. Una macchina scassata e stracarica passò sgasando sull'acceleratore facendolo trasalire; il portiere, alle sue spalle, controllava che nessuno provasse a entrare nell'ambasciata senza permesso e gli stava vicino come un angelo custode: lo stesso uomo che una volta aveva tentato di bloccarlo sulle scale.
– Allora, signor Perlasca, ormai ci siamo.

– Sí, direi che stavolta ci siamo.
In quel momento l'autista uscí trafelato da una porta secondaria dell'ambasciata e si precipitò verso la Buick. Nella corsa perse il cappello e fu costretto a tornare indietro per raccattarlo. Mise in moto e finí di abbottonarsi la giacca in auto.
Perlasca e il portiere fissarono l'auto che avanzava verso il cancello.
– Ma che succede? – chiese Perlasca e per tutta risposta comparve Farkas, con una cartella di pelle in mano ancora semiaperta, e s'infilò nell'auto che già dava due colpi impazienti di clacson per farsi aprire. Quando il cancello si aprí, tuttavia la Buick si mosse piano, perché il motore era ancora troppo freddo e faticava.
Perlasca sporse la testa oltre il finestrino e chiese: – Ma cosa succede?
– Le case protette. I soldati hanno preso tutti quelli che stavano in Piazza Santo Stefano e li hanno portati via, – disse Farkas concitato.
Il motore dell'auto cominciava ad andare su di giri e Farkas si appoggiò al sedile, segno che la conversazione era conclusa e che doveva partire subito.
Perlasca velocemente girò attorno al muso dell'auto e salí in macchina.
– Allora muoviamoci!
Farkas lo fissò senza capire.
– Ma il suo treno? Se arriva la sua chiamata non farà in tempo! Non ci saranno piú treni nei prossimi giorni...
– Avanti, muoviamoci! – Perlasca diede un colpetto sulla spalla all'autista che sprofondò il piede sull'acceleratore fa-

cendo fare un salto in avanti al grosso automezzo. Il nevischio ghiacciato sulla strada li fece sbandare prima verso sinistra e poi dalla parte opposta, rischiando di cappottare contro il marciapiedi. Guadagnato con difficoltà il centro della strada, si allontanarono in una nuvola acre di gas di scarico.
L'autista affrontò il primo incrocio mandando il motore su di giri e poi s'infilò in una stradina stretta, sfiorando un carretto fermo a bordo strada. Perlasca aveva già vissuto quei momenti, di corsa contro il tempo, quando si era precipitato in stazione a cercare di recuperare i protetti della Spagna: sapeva bene quanto fossero importanti i minuti, ma fu costretto a battere di nuovo un colpo sulla spalla dell'autista per invitarlo a rallentare.
– Manca solo che qualcuno ci fermi per chiederci dove andiamo cosí di fretta e perdiamo tutta la giornata. Piú piano, ma senza esagerare.
– Perlasca, lei è un pazzo. Il suo treno partirà senza di lei! – Farkas lo guardò dal sedile, ancora incredulo.
– Lei sa dove li hanno portati? – chiese l'italiano, scrutando le persone lungo i marciapiedi alla ricerca di stelle gialle cucite sugli abiti.

17. La grande bugia

I camion, carichi di prigionieri rastrellati in varie parti della città, si dirigevano verso la stazione di polizia per la registrazione degli arrestati, prima di portarli tutti ai treni. Il sergente dell'ultimo camion aveva visto l'automobile con le bandiere della Spagna raggiungerli e sistemarsi dietro alla loro colonna, in attesa di compiere un sorpasso e mettersi alla testa del gruppo.
– Ancora questi spagnoli a romperci le scatole! Fosse per me gli sparerei senza tante chiacchiere.
Il nazista dai capelli rossi fece il gesto di prendere la mira con il fucile, scoprendo i denti scuri in un ghigno, ma il sergente lo bloccò.
– Sei impazzito? Vuoi crearmi un grosso... come si dice? «Problema internazionale»? Lascia che se ne occupino i capi e risparmia le pallottole per dopo... vedrai che ne avrai bisogno. Che se la sbrighi il tenente: è lui l'ufficiale. Noi soldati obbediamo solo agli ordini, – e si diede una manata sulla pancia, proprio dove aveva nascosto due candelabri d'argento, trovati nei fagotti degli ebrei.
La Buick rimase dietro al convoglio, finché, poco prima della stazione di polizia, riuscí a superare i camion carichi di persone e andò a fermarsi davanti alla camionetta che guidava la colonna.

– Chi comanda, qui? – urlò Perlasca in tedesco, scendendo dall'auto.

I due uomini di guardia all'ingresso gli puntarono le armi addosso, mentre il tenente scendeva pigramente dalla camionetta.

– Devo parlare con il comandante, perché quello che state facendo è illegale. Avete prelevato queste persone, – e indicò i camion parcheggiati accanto a loro, – da una casa protetta della Spagna. È una violazione degli accordi.

– Non c'è nessuna violazione degli accordi, – disse il tenente, infilandosi i guanti e facendo cenno al sergente di far scendere i prigionieri. – L'ambasciata di Spagna a Budapest è ufficialmente chiusa da oggi, quindi prendiamo noi in custodia tutti gli ebrei che stavano là.

– Come sarebbe a dire «chiusa»? L'ambasciata di Spagna? – Perlasca esagerò il tono di stupore nella sua voce.

Farkas scese in silenzio dall'auto dell'ambasciata e si avvicinò, spaventato.

– L'ambasciatore Sanz Briz è fuggito e quindi l'ambasciata è chiusa. Gli spagnoli a Budapest non possono piú dirci cosa fare.

Il tenente lo oltrepassò, giudicando di aver prestato anche troppa attenzione a quell'uomo; si era fermato a dare quelle brevi spiegazioni solo perché, in altre occasioni, aveva visto i suoi superiori parlare con lui e non voleva guai.

Perlasca chiese di parlare con il comandante della stazione e il tenente ordinò ai soldati di lasciarlo entrare; fece i gradini tre alla volta e attraversò a grandi falcate il corridoio del quinto piano, fino all'ufficio del comandante, una piccola stanza che puzzava di grappa e di fumo. L'avvocato Farkas cercava di tenergli dietro come poteva, stringendosi al petto la borsa di cuoio con i documenti dell'ambasciata.

– Che modi sono questi! – protestò il comandante quando Perlasca irruppe nella stanza, con Farkas sempre alle costole.

– Comandante, sono qui per una protesta ufficiale. Questa mattina sono stati presi e portati via i nostri protetti. Esigo una spiegazione per un atto che va contro gli accordi tra il nuovo governo d'Ungheria e l'ambasciata di Spagna.

– Non c'è piú nessun accordo: da questa mattina non c'è piú un'ambasciata di Spagna e lei dovrebbe saperlo. Sanz Briz è fuggito: niente ambasciatore, niente ambasciata. Avvisi pure anche gli altri impiegati di liberare gli uffici. Ecco la comunicazione del Ministero. Per questo motivo non ci possono essere piú rapporti diplomatici o accordi di qualsiasi tipo tra la mia nazione e la sua, signor Jorge. La Spagna ci ha traditi.

L'ufficiale gettò sul tavolo un foglio, in modo che Perlasca potesse leggerlo, e restò a guardarlo con irritazione, appoggiando i piedi sul piano ingombro di cartellette di cartoncino grigio; il foglio portava l'intestazione ufficiale del Ministero degli Interni d'Ungheria, con tanto di firme e timbri. Jorge sentí un velo di sudore formarsi sulla fronte, mentre si rendeva conto che quel semplice pezzo di carta voleva dire la morte di tremila persone. Finse di leggere con attenzione ogni singola riga e intanto il suo cervello lavorava per trovare una soluzione.

A quel punto, Perlasca avrebbe potuto inventare una giustificazione per la fuga di Sanz Briz, ma non sarebbe servito a nulla: per gli ungheresi, se la Spagna aveva ritirato l'ambasciatore significava solo che non c'erano piú accordi, di nessun tipo, e che tutti i protetti sarebbero stati presi, deportati o chiusi in quell'inferno che era il Ghetto. Sentí fortissima la tentazione di prendersi una pausa, per decidere cosa fare, per studiare con calma la situazione: la scelta era tra cercare di guadagnare ventiquattr'ore di tempo o rischiare e giocare il tutto per tutto.

Una bugia, cosí enorme da poter sembrare vera, si affacciò nella sua mente. Piú ci pensava, piú gli sembrava l'unica soluzione possibile.

Sentí scorrergli sotto la pelle la stessa sensazione, dimenticata da tempo, di quando era a scuola e cercava di trovare una giustificazione per non farsi interrogare, o di quella volta in cui suo padre lo aveva sorpreso a rientrare tardi a casa, passando di nascosto dalla finestra. Questa volta si trattava di una bugia ben diversa: aveva appena deciso di inventare un nuovo se stesso.

Rialzò la testa, fissò negli occhi il comandante e lasciò cadere con disgusto il foglio sulla scrivania.

– Non capisco chi possa aver riferito una tale falsità: l'ambasciatore non è affatto fuggito. E mi meraviglio che ci sia qualcuno al Ministero che abbia potuto credere a una simile bestialità. Davvero pensate che un ambasciatore possa prendere e scappare via, come un ladro nella notte?

Mentre il sorrisino sulla faccia dell'ungherese scompariva e i suoi piedi tornavano sul pavimento, Perlasca cercò lo sguardo di Farkas girando appena la testa.

– È ovviamente una notizia falsa: Sanz Briz è stato richia-

mato a Berna, in Svizzera, per ricevere istruzioni dal governo spagnolo. Ha una lunga serie d'incontri diplomatici per discutere della situazione dell'Ungheria: infatti dalla Svizzera si sposterà a Berlino per prendere altri contatti. Lei crede che sia facile mettere ordine in tutta questa situazione? C'è una guerra in corso! È una procedura diplomatica che richiede tempo e una montagna di carte e di documenti ufficiali. E qui a Budapest non funziona nemmeno piú il telefono, figuriamoci una linea internazionale. Come pensa sia possibile contattare Madrid o le altre ambasciate europee?
Perlasca alzò la voce, come se fosse lui quello offeso, come se fosse il comandante a cercare di raccontargli una bugia. L'ufficiale divenne di colpo pensieroso; strusciò i piedi sotto la scrivania e, mentre i suoi stivali rigavano il pavimento, le parole cominciarono a farsi strada nella sua gola.
– Una procedura diplomatica, dunque... certo, non è una cosa semplice. E tutte le ambasciate... sí, il telefono non funziona neanche fino al primo villaggio fuori Buda. Con i cannoni russi alle porte, poi...
Perlasca vide con gioia comparire grosse rughe sul volto del comandante, mentre con una mano si grattava la testa in silenzio. Fissò negli occhi il diplomatico, ma il suo sguardo rimase fermo, innocente, come fosse semplicemente in attesa di ricevere delle scuse.
– Però deve capire anche lei, signor Perlasca, come potevamo noi sapere... e comunque adesso non c'è nessuno a dirigere l'ambasciata a cui potersi rivolgere.
A questo punto, Perlasca fece una faccia seccata. Estrasse dalla tasca della giacca il tesserino dell'ambasciata spagnola

che Sanz Briz gli aveva preparato al momento del suo arrivo e lo lasciò cadere sulla scrivania.

– Io sono il funzionario in capo dell'ambasciata spagnola. Da oggi e fino al ritorno dell'ambasciatore, voi dovete trattare con me: sono io che rappresento la Spagna a Budapest. Gli accordi che avete preso con Sanz Brinz non cambiano di una virgola, perché sono accordi tra nazioni, non tra uomini. Se vi sembra necessario, faccia chiamare Madrid dai suoi superiori.

L'avvocato Farkas, rimasto in silenzio dietro a Perlasca, sentí il bisogno di appoggiarsi allo stipite della porta, come se fosse sul punto di svenire.

Perlasca si riprese il tesserino e guardò fisso negli occhi l'uomo che adesso sedeva rigido alla scrivania. Sapeva benissimo che Madrid non avrebbe confermato un bel nulla, perché nella capitale non sapevano nulla, ma era sicuro che nessuna linea telefonica avrebbe potuto raggiungere la Spagna, in quei giorni. E i sovietici erano alle porte: bastava solo guadagnare tempo.

– Certo, avviserò il Ministero degli Interni ungherese per le formalità. Nel frattempo mi scuso per il disguido, – il comandante si alzò e scrisse velocemente alcune righe per i soldati che aspettavano di sotto; poi porse la mano verso Perlasca, per scusarsi. – Le assicuro, signor ambasciatore, che tutti i protetti di Spagna potranno immediatamente fare ritorno all'abitazione di Piazza Santo Stefano.

18. Una strana orchestra

Le scarpe lucide di Perlasca scendevano i gradini della stazione di polizia e i suoi occhi azzurri studiavano uffici e corridoi, come se non avesse paura di nulla; dietro di lui veniva l'avvocato Farkas, pallido e un po' curvo, con la borsa dei documenti stretta al petto. Appena furono di nuovo in strada, sussurrò a Perlasca: – Lo sa che se qualcuno di loro telefona a Madrid, gli diranno che nessuno conosce Jorge Perlasca e che l'ambasciatore è stato richiamato e non tornerà piú? Lo sa, vero?

– Lo so benissimo. In Spagna nessuno è a conoscenza di cosa stiamo facendo qui.

– E si rende conto che nemmeno Sanz Briz può aiutarla e che se questi si accorgono che lei li ha imbrogliati la fucilano, se è fortunato?

– Oh, Farkas, le so meglio di lei queste cose. Ma cosa posso cercare in questi momenti se non la fortuna? Cos'altro ci resta? Qui i telefoni non funzionano da settimane, vuole che si mettano a funzionare proprio oggi? Con tutte le cose che hanno da fare questi pazzi, tra un paio di giorni si saranno dimenticati di ogni cosa.

– Sinceramente, lo spero per lei.

– Intanto, avvocato, faccia silenzio, ché sta arrivando il tenente di prima. La cosa piú importante adesso è riprenderci i nostri.

Jorge trasse un profondo respiro per cacciare via la paura che sentiva crescergli dentro e si spazzolò distrattamente la giacca, per cercare di bloccare il tremito delle dita. Il tenente si avvicinò, con una mano infilata nella cintura, come se stesse facendo una sfilata di moda. Alle sue spalle trotterellavano il sergente e il nazista dai capelli rossi, con due facce sorridenti e paonazze per il vino bevuto di prima mattina.

– Allora, le hanno spiegato tutto? È soddisfatto, la pianterà di romperci le scatole?

– Sí, – Perlasca mosse appena le labbra e gli mise davanti al muso il foglio che aveva appena ricevuto.

La faccia del tenente diventò subito seria e strinse i denti, mentre gli altri due cercavano di spiare il foglio, da sopra le sue spalle.

– Sergente! – urlò voltandosi e camminando spedito verso il portone d'entrata. – Consegni a quest'uomo i prigionieri!

L'uomo con i capelli rossi, che non aveva capito nulla di quanto stava accadendo, guardò il sergente, il quale si limitò a scrollare le spalle e a urlargli di obbedire immediatamente.

– Tutti quanti? – chiese stupito.

– Hai sentito cosa ha detto il tenente? Sei sordo? Prigionieri giú dai mezzi, subito! Tutti i protetti spagnoli: disporsi sul marciapiede!

Farkas e Perlasca lo seguirono, per controllare che nessuno rimanesse sopra ai camion, mentre anche il sergente se ne andava, forse per paura che gli chiedessero di restituire quello che aveva appena rubato.

– Tu no, – disse il nazista a un uomo con la barba lunga. – Ti abbiamo preso per strada.

– Anche lui è un protetto spagnolo: era fuori, ma è uno delle nostre case. Devo tornare su dal comandante per farmelo scrivere?
Il soldato rabbiosamente abbassò lo sguardo e strinse il fucile, ma non protestò, mentre anche l'ultimo prigioniero scese dal camion, stupito da tanta fortuna.
– Andiamocene via da qui, presto. Prima che succeda qualcosa, – disse Farkas in un sussurro. – Stavolta il *bluff* sta andando troppo oltre.
Mentre i protetti si preparavano a prendere la strada del ritorno, Perlasca si accorse di un gruppo di donne e di uomini che piangendo chiamavano i loro figli per nome.
– I prigionieri che arriveranno tra poco devono essere trasferiti nel Ghetto, niente piú treni né stazione, – urlò il tenente, comparso di nuovo a una delle finestre. – I porci ebrei vanno rinchiusi tutti là fino a nuovo ordine.
– I bambini, dove sono tutti i bambini? – chiese Perlasca.
L'ufficiale finse di non averlo sentito, fece cenno agli autisti di partire e richiuse la finestra.
Un soldato dell'esercito ungherese, forse impietosito dai pianti, aspettò che i mezzi svoltassero e poi si avvicinò allo spagnolo, per informarlo che i bambini erano andati a piedi alla stazione e che sarebbero partiti appena pronto l'ultimo treno.
– Farkas! – urlò Perlasca prima di salire in auto. – Prenda questo documento e vada con tutto il gruppo alla casa protetta. Che nessuno rimanga indietro per nessun motivo. Se i soldati vi fermano per strada mostrate il foglio e basta. Aspettate là, io corro in stazione.

Faticosamente la Buick si mosse, slittando sulla fanghiglia della strada, di nuovo in lotta contro il tempo, nel tentativo di raggiungere la stazione prima che fosse troppo tardi.
Una pioggia mista a neve aveva cominciato a scendere dal cielo, che era diventato grigio scuro come se fosse rivestito di un qualche metallo sconosciuto. Mentre la macchina sobbalzava e si muoveva verso la stazione, Perlasca spiava i marciapiedi, osservava i volti dei passanti, cercava d'indovinare le tracce del passaggio del gruppo; dentro al suo cuore si allargava come una macchia d'olio la paura che i bambini in realtà fossero stati portati nel Ghetto.
Il Ghetto Comune di Budapest era un luogo dove decine di migliaia di esseri umani, chiusi dentro a un quartiere con le strade di accesso murate, senza acqua, gas, luce, legna, carbone, viveri o medicinali, rischiavano la morte per fame, per tifo o per le pallottole dei nazisti. Poteva solo sperare che il soldato non gli avesse mentito, perché da lí sarebbe stato molto piú difficile tirarli fuori.
I bambini erano stati costretti a marciare a passo veloce, per strade che non conoscevano, fino alla stazione. Eva e Helga, che erano rimaste con loro, a ogni metro sentivano crescere l'angoscia per quello che li aspettava; cercavano però di calmare i pianti e di aiutare i piú piccoli a salire sui vagoni, per evitare che i soldati tedeschi li caricassero a pugni e a calci.
Perlasca camminò lungo i binari, senza curarsi dei soldati che gli si avvicinavano minacciosi, continuando a urlare.
– Tutti i bambini protetti dalla Spagna devono scendere immediatamente dai vagoni. Tutti quelli che sono sotto la protezione dell'ambasciata di Spagna: tutti giú!

I soldati, che avevano visto l'auto di grossa cilindrata con le bandierine della Spagna, non gli spararono, anche se avrebbero tanto voluto farlo; uno di loro decise di avvertire i superiori, mentre Perlasca e l'autista erano tenuti sotto tiro.

– Signor Jorge, signor Lasca, siamo qui! – urlò Eva, affacciandosi da un vagone.

Perlasca le fece un cenno di saluto con la mano e restò in attesa che qualcuno dei soldati decidesse cosa fare.

«Se scoprono che li ho imbrogliati, spacciandomi per il nuovo ambasciatore, quando il soldato uscirà da quella baracca dove c'è la radio, – pensò Perlasca, osservando i fucili puntati contro di lui, – mi costringeranno a salire sul treno e sarà la fine per tutti noi».

I minuti passavano e lui stava in piedi, accanto al treno che non poteva partire. I soldati aspettavano degli ordini e lui aspettava di sapere se sarebbe sopravvissuto o se sarebbe morto.

– Helga, non guardare fuori, ché ci sono i soldati, – bisbigliò Eva alla compagna.

– Bella forza: tu hai appena guardato e dici a me di stare dentro?

– Ma io volevo vedere Jorge, perché avevo sentito la voce.

– Anch'io voglio vedere, – protestò Helga, che già si era dimenticata le lacrime di poco prima.

– Cosa ti avevo detto, io? Lui sarebbe arrivato a salvarci. Lo sapevo, – ripeté Eva, cercando di sentire cosa si stavano dicendo fuori dal vagone.

Finalmente li fecero scendere: tutti, anche un gruppo di bambini che non erano delle loro case protette. Perlasca li

chiamò con nomi che si inventava al momento, per far vedere ai soldati che li conosceva tutti, e li spingeva verso l'uscita della stazione, dove Eva e Helga li mettevano di nuovo in fila per due.
Perlasca aveva fretta, anche se non voleva mostrarlo, ma ogni tanto guardava innervosito verso l'edificio della stazione, con la paura che spuntasse qualcuno di grado elevato e li rimettesse tutti sul treno destinato ai campi. Non poteva dimenticare l'altra corsa alla stazione e la pistola che gli avevano puntato alla tempia.
La fila, finalmente ricomposta, si avviò ordinatamente verso l'uscita che portava in strada. Proprio mentre Perlasca, ultimo della fila, si apprestava a richiudere alle sue spalle il basso cancelletto, due soldati bloccarono il gruppo di bambini dall'altra parte della strada e le due ragazze si voltarono verso di lui, con una muta richiesta di aiuto: raggiunse la testa del gruppo a grandi falcate, con i pugni chiusi, pronto a esibire di nuovo la sua grande bugia.
– Non serve controllare i documenti: sono protetti dell'ambasciata spagnola.
– Come va, signor Perlasca? – Il vocione di Tarpataki si levò da dietro le spalle dei militari e sorprese un po' tutti. Il maggiore fece un rapido saluto militare, mentre Perlasca, che non si era ancora ripreso dalla sorpresa, si limitò a borbottare qualcosa.
– Avanti, proseguire, – li congedò Tarpataki, rivolgendogli uno sguardo d'intesa.
Finalmente il gruppo si allontanò dalla stazione, lasciandosi alle spalle i tetri vagoni e Tarpataki che li seguiva con lo sguardo.

– Per di qua! – urlò Perlasca ridendo, quando furono lontani dai soldati, e di colpo sembrò quasi una gita.
– Seguiamo il capogruppo, – rise Helga, con le mani ficcate dentro alle tasche per scaldarle; Eva la raggiunse facendo una piccola corsa, con lo sguardo fisso sul marciapiede per evitare le chiazze gelate.
– Cosa ti avevo detto, – bisbigliò Eva, – non avevo ragione? È arrivato in tempo e ci riporta tutti a casa.
– Guarda che l'avevo detto io per prima.
Eva le sbuffò addosso infastidita: con lei era sempre cosí, non si riusciva mai a farle ammettere di aver sbagliato. Poi si voltò a controllare che anche i piú piccoli restassero col gruppo e non si facessero distanziare.
– Stanco, stanco e freddo, – si lamentava un fagotto che riusciva a malapena a trascinarsi sulle sue gambette e frignava per essere preso in braccio; Helga però aveva appena preso una bambina magrissima sulle spalle.
– Porta pazienza, Tobia: quando sarà il tuo turno di salire... – ma il piccolo non voleva sentire ragioni.
– Chi miagola, laggiú? – chiese Perlasca, facendo la voce grossa. – Forse un gattino che si è perso? Ma quanti cuccioli ci sono, qui in giro?
Cominciò a cantare una canzone: chi veniva indicato doveva fare il verso di un animale.
– Non è valido! – protestò allora Tobia. – Siccome sono il piú piccolo devo sempre fare il verso del maiale, io.
– Sgrunf? – chiese Perlasca con aria stupita e tutti risero.
– Ma arriva nell'aia... il coniglio!
Indicò a sorpresa Eva, che si mise a ridere ancora di piú perché

non sapeva che verso dovesse fare e si vergognava a sentirsi osservata così. Tutti si misero a muovere il naso e le labbra, come se fossero dei grossi conigli.
– La canzone dell'orchestra! – richiese Helga a gran voce e molti dei piccoli l'appoggiarono, urlando e ridendo.
– Io faccio il tamburo! – gridò Tobia, che sembrava aver ritrovato tutte le energie.
Allora Perlasca si schiarí la voce e, facendo finta di essere un grande direttore d'orchestra, assegnò a tutti degli strumenti invisibili, scandendo bene il nome. Poi cominciò.
– Arriva il suonator...
Poi fu tutto un susseguirsi di «violi-violi-violinò» e «chita-chita-chitarrà».
Tobia, che finalmente era tutto contento perché a lui era capitato il tamburo, gonfiava le guance e ripeteva con un vocione «tambu-tambu-tamburò», e agitava le braccia come se dovesse suonare una grancassa gigantesca.
– Sembra proprio di essere in gita! – esclamò Helga e abbracciò Perlasca, che in quel momento stava imitando un suonatore di piffero.
Nessuno si lamentò piú per la lunga camminata e tutti i bambini arrivarono ridendo e cantando alla casa, mentre la sera avvolgeva la città.

19. Il massacro

Mentre Natale era ormai alle porte, la vita peggiorava di giorno in giorno. I gruppi armati delle Croci Frecciate volevano mostrare ai tedeschi di essere ancora piú nazisti di loro; la situazione era molto confusa e pericolosa, gli omicidi e le rappresaglie sempre piú frequenti.

Le forze dell'Armata Rossa stavano completando l'accerchiamento della città e le battaglie tra carri armati erano sempre piú feroci. Giravano voci incontrollate che Szálasi preparasse la sua fuga, mentre Hitler aveva ribadito piú volte ai suoi che non era nemmeno pensabile abbandonare la città: *Festung Budapest* era una fortezza da difendere fino all'ultimo uomo. Si faceva sempre piú attendibile l'ipotesi di un rastrellamento di tutti i bambini ebrei e del loro internamento nel grande Ghetto, dove ogni giorno ne morivano a centinaia per fame e malattie, mentre i sopravvissuti venivano deportati in Germania.

La mattina del 23 dicembre, Perlasca si recò, insieme ai diplomatici delle altre legazioni neutrali, alla riunione indetta dal Nunzio apostolico per tentare di fermare questa terribile operazione. Dopo aver firmato la lettera di protesta, Perlasca si avvicinò da solo al Nunzio.

– Monsignore, avrei un peccato da confessarle, – sussurrò al religioso, controllando che nessuno li stesse ascoltando.

– Dev'essere un peccato bello grosso, se la preoccupa tanto in una situazione del genere... – Il religioso gli fece cenno di seguirlo.
– Diciamo che vorrei togliermi un peso dalla coscienza, – cominciò Perlasca, dopo essersi inginocchiato.
L'uomo lo guardò in silenzio, tra l'incuriosito e il sorpreso.
– Vede, io non sono un vero diplomatico. A dirla tutta, non sono nemmeno spagnolo.
Il Nunzio sgranò gli occhi incredulo.
– Direi che è una bugia bella grossa!
– Ma è a fin di bene, – si giustificò Perlasca. – In realtà sono lombardo, proprio come lei.
Il religioso scoppiò a ridere divertito.
– A fin di bene questi imbrogli sono ammessi. Tra lombardi ci intendiamo... ma non lo dica in giro, nemmeno al mio segretario: lui non capirebbe.
– So che lei può ancora comunicare con l'Italia e vorrei che avvisasse mia moglie se mi dovesse capitare qualcosa di brutto.
Il Nunzio annuí in silenzio, poi i due rimasero a chiacchierare fino al momento dei saluti.
– La lettera che abbiamo preparato oggi forse servirà a bloccare un massacro, ma non illudiamoci che tutto si risolva: altre atrocità sono in agguato attorno a noi e dobbiamo stare in guardia, come agnelli tra i lupi, – li avvisò il Nunzio, al momento di congedarli.
Quella sera stessa un piccolo convoglio percorse un tratto di via Eötvös, superò il portone dell'ambasciata spagnola e si bloccò con uno stridio di freni; dal veicolo di testa scese il nazista dai capelli rossi, con un sorriso maligno che gli scopriva

i denti marci, e si diresse con un breve trotto verso la cabina di guida del camion che seguiva.
– Sei sicuro che sia questo il posto? – chiese il sergente, affacciandosi al finestrino. Il giovane fece un breve cenno con la testa e poi aggiunse: – Ma tanto cosa cambia? Un posto vale l'altro.
L'anta dell'ultimo camion fu spalancata e gli ebrei appena rastrellati in alcune case protette scrutarono con curiosità il Palazzo Podmaniczky, davanti al quale si erano fermati.
Il sergente scambiò poche frasi, nel suo tedesco approssimativo, con i due soldati germanici che viaggiavano con loro.
– Chi di voi è un protetto spagnolo o ha parenti tra i protetti dell'ambasciata di Spagna può scendere qui, – urlò agli occupanti del camion l'uomo dai capelli rossi; alcune Croci Frecciate si disposero accanto a lui e ai due tedeschi, creando una specie di corridoio che impediva la fuga. Scesero alcune donne con dei bambini e un uomo, che stava già sulla sponda del camion, pronto anch'egli a scendere, si arrestò, notando il sorriso cattivo del nazista; una mamma con una bambina in braccio tentò di risalire sul camion.
– Va bene, basta cosí, – urlò il sergente. – Chi è sceso resti giú: ormai è tardi per cambiare idea.
I due automezzi si rimisero in moto, spostandosi di alcuni metri.
– Avanti, in fila voi! – urlò una Croce Frecciata.
Appena le donne presero la mano dei bambini e mossero alcuni passi, le armi automatiche fecero partire lunghe raffiche rabbiose e i proiettili dilaniarono i corpi, rimbalzando sulla strada e facendo saltare pezzi d'intonaco dal muro.

Con i mitra ancora fumanti e i bossoli che rimbalzavano ai loro piedi, gli uomini del plotone di esecuzione risalirono sul camion e sparirono diretti alle rive del Danubio. A terra rimase una fila di corpi immobile, macchiata di sangue.
Dall'ambasciata di Spagna uscí dapprima il portiere, seguito da alcuni uomini che rimasero impietriti di fronte al massacro appena compiuto: si chinarono sui corpi alla ricerca di un segno di vita. Le donne, con un ultimo gesto, avevano cercato inutilmente di proteggere i propri figli; la madre, accasciata con la bambina ancora in braccio, le teneva una mano davanti agli occhi, quasi a impedirle di vedere tanto orrore. Aleggiava tutto attorno l'odore di sangue e cordite.
Il portiere, con la voce che tremava, telefonò a Perlasca. Jorge, dopo poche frasi, abbassò la cornetta: nessuno era sopravvissuto. Quel terribile gesto aveva tutta l'aria di essere una specie di avvertimento: l'ordine di smettere, di non immischiarsi, di lasciar perdere. Chinò la testa, schiacciato dall'impotenza: non c'era nulla che potesse fare, se non piangere.

20. Il Ragazzo Saltatore

Da quel giorno, gli abitanti delle case protette non osarono nemmeno affacciarsi fuori dalla porta per il terrore di essere presi per la strada e caricati sopra a un camion, o trascinati in riva al Danubio; solo il Ragazzo Saltatore si spostava per la città, ma lui si muoveva sui tetti. Nel quartiere lo conoscevano tutti.

Helga lo rivide una mattina, quando un piccolo sole era riuscito a far svanire la foschia; per due giorni fiocchi di neve erano caduti attraverso la nebbia che avvolgeva le strade e lei era rimasta quasi sempre chiusa nella stanza comune. I suoi erano riusciti a trovare un posto abbastanza buono e avevano sufficiente spazio: organizzandosi riuscivano persino a dormire a turno, sfruttando il metro e mezzo che ognuno aveva a disposizione. Quella mattina il solito incubo aveva interrotto il suo sonno. Non voleva rischiare di riaddormentarsi e annegare ancora nelle onde gelide del Danubio, con quelle persone ammanettate: preferiva affrontare il vento del mattino, con la speranza di godersi un po' di sole e di aria pulita. Il freddo era sopportabile e comunque preferibile ai litigi che scoppiavano sempre piú frequentemente tra la gente di sotto, per il possesso di uno straccio da avvolgersi intorno alle gambe o per conquistarsi gli spazi migliori. Nelle stanze della casa gli angoli erano i posti piú ambiti, perché non c'erano spifferi, e attorno a questi spesso si levavano urla e il rumore di qualche colpo...

Era cosí nauseata da tutte quelle liti che preferiva il vento gelido della terrazza all'aria calda e umida, dove gli adulti si comportavano come certi bambini nel giardino della sua vecchia scuola. Se il suo insegnante di geometria avesse potuto assistere a quelle risse, avrebbe trovato di sicuro un altro significato nelle sue definizioni di angoli e vertici: l'angolo, in quella stanza, non era piú quella parte di piano compresa tra due semirette aventi in comune l'origine, ma era piú simile al possesso di un castello, di un tesoro. Helga se lo ricordava bene quel professore cosí magro, dal viso severo e dagli occhialini a metà, in bilico sul naso; quando, durante l'estate, era stata pubblicata la legge che ordinava a tutti gli ebrei di lasciare le loro case per andare a vivere nel Ghetto Comune, con la stella gialla esposta, lui era stato uno dei primi a traslocare.

– Una legge, anche se sbagliata, è sempre una legge, – aveva affermato, riempiendo con cura due grandi valigie e affidando casa sua a un vicino. – Manderò qualcuno a prendere il resto, appena questa pazzia sarà finita.

Solo pochi giorni piú tardi era salito, con il permesso di portare una sola valigia, sopra a un carro bestiame diretto in Germania. Da lí non era piú tornato.

A Helga quel professore non era mai piaciuto tanto, perché voleva che si rispondesse alle domande in classe esattamente con le stesse parole che lui aveva usato: guai a cambiare anche una sola virgola. Però adesso le dispiaceva sapere che era stato deportato.

Quando qualcuno degli adulti usava la parola «campi», dentro la casa protetta, abbassava sempre la voce e i suoi genitori non volevano che nessuno parlasse dei campi di concentramento quando lei era presente. Però lei lo sapeva che lí si andava per morire, anche se non riusciva a capire come fosse possibile. Anche i suoi nonni, che stavano in campagna, avevano i campi, ma là nessuno era mai morto per il troppo lavoro; solo il vecchio cane Zar era stato sepolto sotto il noce, alla fine del campo di mais.

La ragazza si accovacciò in un angolo per godersi il sole, senza sentire troppo freddo. Aveva il fiato che fumava e molta sete; con le dita aperte arò una parte di tetto e si portò alla bocca una piccola manciata di neve. Mangiare la neve non era come bere acqua: non toglieva del tutto la sete, restava sempre voglia di averne ancora. Infatti, dopo pochi minuti, ne prese dell'altra e la mise contro le labbra, succhiandola come un ghiacciolo. Poi mise in bocca anche la punta delle dita, perché il freddo le faceva male; sapeva che non doveva succhiarle, specialmente quando erano fredde, perché la pelle si sarebbe spaccata attorno alle unghie o a metà polpastrello, come le era già capitato, e allora avrebbero sentito ancora piú male... Però serviva a dimenticare per un po' la fame che le stringeva la pancia.

Una nuvola coprí il sole che si era fatto debole e lei guardò il cielo: forse sarebbe tornata la nebbia.

– Stai sempre sul tetto? Ci vieni anche a dormire qua?

A schermare i raggi del sole, prima ancora della nebbia, il corpo del Ragazzo Saltatore: fermo in piedi, la guardava dalla balaustra, con l'aria di chi prende in giro.

Helga aveva controllato tante volte le linee dei tetti intorno, con la speranza di scorgervi la sagoma agile del ragazzo; aveva sperato d'incontrarlo e sognato che un giorno si sarebbe avvicinato, magari per invitarla a far colazione con lui: avrebbero potuto passare insieme oltre il cornicione, calarsi sopra al tetto della casa vicina e poi, saltando tra i comignoli, arrivare fino a quel tetto buffo che si vedeva appena, per fare una bella merenda. Loro due soli.
Lei conosceva moltissime storie che aveva letto nei libri e avrebbe potuto raccontargliene tantissime: di eroi e di battaglie, di uomini che staccavano la testa ai mostri, di ladri che rubavano ai ricchi e si nascondevano nella foresta, di cattivi che venivano sconfitti e finalmente morivano. Avrebbero mangiato e riso, mentre si sarebbero raccontati storie con un lieto fine.
E all'improvviso lui era là, davanti a lei, ma non sembrava avere nessuna intenzione d'invitarla a far colazione: stava lí con quel mezzo sorriso, come se volesse prenderla in giro.
– Il mio nome è Stanislav, ma puoi chiamarmi Stanko.
Il ragazzo era sceso e le si era seduto abbastanza vicino, sopra al fagotto che aveva con sé: – Mi sembrava fossi interessata a conoscermi. Anche l'altro giorno: ti ho vista con la tua amica che guardavate dalla mia parte. Vivi qui sul tetto?
– Guarda che non basta presentarsi per avere il diritto di fare domande! – Helga lo fissò seccata per pochi secondi e poi voltò lo sguardo.
– Non sei contenta di conoscere il famoso Ragazzo Saltatore?
Avrà avuto forse un anno in meno di lei, un naso secco e lungo che gli attraversava quasi tutto il viso, fermandosi ap-

pena prima del mento, e capelli che sembravano biondi, ma non poteva esserne sicura, da quanto erano lerci.

– Guarda che non sei l'unico Ragazzo Saltatore: ce n'è almeno un altro che sta in un'altra casa protetta e attraversa la piazza quando vuole. E forse anche tutta la città.

– Sí, può essere, magari siamo una tribú. Chi può dirlo? – Stanislav aveva una voce che non le piaceva granché, ma le sue mani erano grandi e agili. Si vedeva che era un tipo che se la sapeva cavare in ogni situazione.

– E cosa sa fare, l'altro, di cosí speciale?

– Oh, io non lo conosco, – Helga si sistemò meglio nel suo angolo, perché aveva ripreso a soffiare un vento gelido (che almeno teneva lontana la nebbia). – Ma quando va a trovare le sue amiche fanno sempre colazione assieme, sui tetti, e stendono una grande tovaglia pulita in mezzo ai camini.

Stanislav tastò il suo fagotto e poi soffiò fuori l'aria dal naso.

– Se stendono una tovaglia pulita vicino ai camini, non resta bianca per molto, puoi credermi. Ah ah, che furbi...

Helga si chiuse in un silenzio offeso e guardò il cielo. Senza motivo le salivano agli occhi lacrime che bruciavano, piú del gelo che le mordeva le dita.

– Posso sapere il tuo nome? – Stanislav le si era fatto piú vicino con un piccolo salto.

– Helga.

– Ah, conosco un'altra Helga che stava in una casa protetta della Svizzera. Ma l'hanno trasferita con tutti gli altri abitanti nel Ghetto Comune. Le Croci Frecciate adesso raccolgono là tutti gli ebrei e ogni giorno ne portano sempre di piú.

– E perché? – sussurrò Helga.

– Questo non lo so, ma di sicuro io là non ci vado. Tutto il Ghetto è recintato e non si esce nemmeno per i tetti. Non voglio restare chiuso in un posto, senza una via di fuga. E tu?
Prima che Helga riuscisse a rispondere, la loro attenzione fu catturata da quello che stava accadendo giú nella piazza, da dove salivano le voci di un gruppo di uomini, forse ubriachi. Stanislav si era sporto per un attimo a guardare oltre il tetto.
– Croci Frecciate, – disse con odio.
I pochi passanti si allontanavano dal centro della strada, cambiando direzione, per non incrociarli; altri si fermavano guardando un muro o un portone, per dar loro il tempo di passare oltre. Qualcuno li salutava alzando il braccio: «Fratelli!»
– Brutto segno, – mormorò Stanislav. Il ragazzo si teneva addossato alla parete; quando Helga trovò il coraggio per sbirciare di nuovo, sporse appena la testa, per paura di essere vista.
Le Croci Frecciate stavano spingendo un gruppo di uomini e donne verso il fiume: erano legati con del filo di ferro a due a due. A chiudere la fila c'erano un uomo e una ragazzina; l'uomo non camminava abbastanza velocemente, cosí una delle Croci Frecciate lo colpí alla testa, facendogli volare via la pipa dalla bocca.
Helga cominciò a battere i denti, senza riuscire a controllarsi. Era tutto come nel suo incubo, solo che c'era un'altra ragazza al posto suo. Kinga e suo padre erano stati presi a pochi passi dalla loro casa protetta, mentre erano fuori impegnati nella loro inutile ricerca: adesso anche loro venivano spinti assieme agli altri verso il fiume. Come se fosse ipnotizzata, Helga rimase a guardare il gruppo che veniva condotto coi fucili verso

la riva del Danubio. La pipa era stata raccolta furtivamente da qualcuno ed era finita nella tasca di un cappotto militare; Kinga teneva la testa bassa e cercava di stare al passo.

– Gli ultimi due sono protetti spagnoli, quell'uomo e la ragazza. A lui ho venduto del tabacco per la pipa proprio due giorni fa. Li stanno portando al fiume, – bisbigliò Stanislav.

Qualcuno in basso urlò ai prigionieri di togliersi le scarpe, qualcun altro bestemmiò che facessero presto. Una donna cominciò a piangere forte. Le Croci Frecciate li fecero inginocchiare a coppie, sulla riva, con i visi rivolti alla corrente che trasportava enormi lastre di ghiaccio. L'uomo prese per mano sua figlia, sentendo il filo di ferro che gli penetrava piú a fondo nella carne, e insieme guardarono in alto: alcune nubi scure attraversavano il cielo pallido, come rottami metallici che in silenzio venivano trascinati via.

Kinga sentí il terrore avvolgerle le gambe, intorpidirne i muscoli, serrarle i piedi scalzi sulla pietra gelata della riva. Aveva cosí tanta paura che non riusciva nemmeno a piangere.

Al posto del rumore del motore dell'auto di Jorge, arrivarono i suoni degli spari: isolati, un colpo dopo l'altro, come degli scoppiettii. Le Croci Frecciate sparavano un solo colpo alla testa per coppia: il prigioniero colpito cadeva nel fiume e trascinava con sé nell'acqua gelida il compagno ancora vivo, a cui era legato col filo di ferro. Con un solo proiettile uccidevano due persone: un risparmio di tempo e munizioni.

Quando il colpo di pistola esplose vicinissimo alla sua testa, Kinga si meravigliò di non sentire alcun dolore. Precipitò semplicemente nell'acqua gelida, a occhi spalancati, mentre il corpo di suo padre, ormai immobile, la trascinava nella profondità della corrente verso il fondo del fiume. Lottò alcuni secondi, cercando di spingersi verso la luce, verso l'aria, ma il cappotto appesantito dall'acqua la portò giú. Nel suo corpo, paralizzato dal freddo, entrarono fiotti d'acqua che le bruciarono il naso e le riempirono i polmoni. Continuando a scendere si addormentò nel buio.

Helga riaprí gli occhi e vide i lastroni bianchi strisciati di rosso, che galleggiavano sul Danubio, e corpi umani legati due a due, incastrati tra il ghiaccio.

Poi silenzio.

La realtà aveva superato persino i suoi incubi.

Gli uomini armati se ne andarono.

Sulla riva sporca di sangue, solo una lunga fila di scarpe.

Helga non riuscí nemmeno a urlare. Si girò con la bocca aperta verso Stanislav, ma lui era già sparito tra i camini.

21. Uno strano corteo

Passarono i giorni; intanto i soldi per comprare il cibo erano finiti – come la benzina nel serbatoio della Buick, come l'acqua nei tubi degli edifici, come le speranze di quelli che passavano le giornate chiusi dentro alle case protette, aspettando che tutto finalmente finisse.
In città i palazzi monumentali erano stati trasformati in fortezze armate: a contrastare l'avanzata dei sovietici erano rimasti cinquantamila soldati tedeschi, affiancati da forse centomila tra soldati ungheresi e membri delle Croci Frecciate; assieme a loro ottocentomila civili in ostaggio. Szálasi, malgrado l'ordine di Hitler di resistere a tutti i costi, era fuggito dalla capitale.
L'autista bussò alla porta dell'ufficio di Perlasca e poi entrò, seguito da Gastone.
– Ho controllato i serbatoi e le taniche di riserva, ma non c'è nemmeno una goccia di carburante. Né all'ambasciata né nei dintorni. Forse in tutta Budapest ne restano pochi litri, senza contare quella dei soldati o le riserve che i tedeschi hanno ammassato nelle stazioni ferroviarie.
Perlasca si sistemò il colletto della camicia, si aggiustò la cravatta con un gesto abituale e si avviò verso l'archivio, dove teneva la lista delle necessità delle case.
– E quindi? – chiese avviandosi verso il corridoio.

– E quindi... – l'autista guardò stupito il figlio della signora Tourné. – Quindi questa mattina non è possibile fare il giro delle case protette come lei aveva progettato.

Jorge uscí dall'ufficio leggendo a bassa voce un foglio di carta sottilissimo.

– Non se ne parla nemmeno, di non andare. Dobbiamo portare dei medicinali e dei visti ai nuovi arrivati dall'altra parte della città. Vada a prendere il gonfalone, la bandiera grande che sta accanto al ritratto, giú dabbasso. E lei, mio giovane Tourné, se non le è troppo d'impiccio, dia a me la borsa e vada a prendere le due sporte di viveri che ho fatto preparare.

Pochi minuti dopo, dall'ambasciata di Spagna uscí uno strano corteo: l'autista che reggeva una bandiera spagnola enorme, grande come un lenzuolo giallo e rosso, e dietro Perlasca a testa alta, impettito come se fosse in parata; a chiudere la fila, il figlio della signora Tourné reggeva a fatica il prezioso carico da distribuire alle case protette. Piú che il nuovo ambasciatore, Jorge sembrava un guerriero medievale che usciva dal suo castello, col fido scudiero e la bandiera della casa regnante a precederlo.

I pochi passanti si fermarono per cedergli il passo e abbassarono la voce, quando attraversò il primo incrocio; due soldati ungheresi, incaricati di controllare i documenti, si misero sull'attenti e fecero il saluto militare, ma Perlasca non li degnò nemmeno di uno sguardo.

Giunti a una stretta curva, rimbombò un colpo di fucile. La piccola processione si arrestò per qualche secondo e tre teste si mossero a destra e a sinistra, cercando di capire da dove fosse esploso il colpo.

– Forse è meglio cambiare strada... – sussurrò Gastone, dal fondo della fila.

– Non hanno sparato a noi, – disse Perlasca rivolto all'autista, che si era voltato in attesa di ordini. – Riprendiamo il cammino, prima che qualcuno s'insospettisca.

Mentre sfilavano davanti a un edificio bianco con fregi di stucco chiaro attorno alle finestre, nessuno di loro si accorse del corpo raggomitolato a poca distanza: stava quasi incastrato tra un malfermo riparo di legno e le fondamenta del palazzo. Nemmeno se si fossero fermati a osservare avrebbero riconosciuto, avvolte tra quegli stracci, le membra magre e lunghe di un ragazzo che era abituato a muoversi per i tetti della città senza portare la stella gialla obbligatoria, che sfidava il coprifuoco e il freddo, che tornava ogni sera con un piccolo tesoro di cibo. Che mangiava da solo accanto ai camini, da quando i suoi genitori e la sua sorellina erano saliti sul treno per Auschwitz, e che non voleva essere rinchiuso nel Ghetto. Che non riusciva a perdonare a nessuno quello che avevano fatto a lui e alle persone che amava.

Mentre lo stravagante corteo proseguiva, una strada piú in là un soldato si mosse, con il fucile che ancora fumava.

Aveva seguito con lo sguardo il corpo mentre cadeva, e adesso si era appoggiato alle assi di legno per controllare che fosse morto, che quegli stracci tra la spazzatura non si potessero muovere mai piú. Affondò la canna del fucile nel petto magro e poi se ne andò, con un sorriso cattivo e compiaciuto sulle labbra.

La testa del morto era piegata sotto a un ginocchio: sembrava dormisse capovolto, come un magro pipistrello; solo un po' di sangue era sceso dal petto e si era raggrumato lungo una guancia, come una lacrima scura che scorresse al contrario. Il suo corpo si raffreddò in fretta, bloccandolo in quella posa innaturale. Nessuno aveva visto quando il soldato gli aveva sparato dalla strada, come si spara a un corvo che viene a rubare il grano, e nessun altro lo aveva visto cadere. Però si era sentito il rumore secco della fucilata che lo aveva fermato sull'orlo del tetto: un colpo solo e Stanislav, il Ragazzo Saltatore, era precipitato giú dallo spiovente, incastrandosi nel vicolo in quella posizione, strana persino per lui che sapeva schiacciarsi tra i pochi camini che ancora fumavano per scaldarsi un poco. Quel giorno, nessuno pianse per Stanko, che non sarebbe mai diventato uomo, ma nemmeno per quel soldato, che non si poteva piú chiamare uomo.

Quando Perlasca e i suoi accompagnatori entrarono nel cortile della prima casa protetta, il capocaseggiato e gli anziani scesero velocemente le scale, come per ricevere un'importante delegazione straniera.

– Cosa succede? – chiese preoccupato e intimorito il primo che osò parlare. – Abbiamo sentito un colpo di fucile. Perché portate la bandiera?

– Niente, abbiamo finito la benzina, – rispose Perlasca con un gran sorriso, senza immaginare quello che era appena accaduto a un centinaio di metri da loro.

Tutti allora tirarono un sospiro di sollievo e quelli che si erano affacciati al cortile interno applaudirono, mentre i tre salutavano con la mano.

– Signor Perlasca, lei farà morire di crepacuore questo vostro povero amico, – disse il capocaseggiato, portandosi una mano

al petto, come un attore di teatro. – I soldati avrebbero potuto fermarla e arrestarla. O magari spararvi addosso.
– Sta scherzando? Ci hanno reso persino gli onori militari, saluto e tutto il resto.
Perlasca consegnò il poco cibo che era riuscito a comperare alla borsa nera – intaccando i propri risparmi, visto che i soldi della cassa comune dell'ambasciata erano ormai finiti; non sapeva per quanto ancora ce l'avrebbero fatta, ma non riteneva fosse il caso di mettere al corrente dei problemi di gestione delle case protette quelle piccole comunità martoriate.
– Probabilmente per qualche giorno non riusciremo a passare: ormai i russi sono entrati a Budapest e sarà impossibile muoversi per la città anche per gli antichi cavalieri medievali, – sorrise Perlasca, ma si capiva che anche lui aveva paura.
– Ormai tutti sparano a tutti: è questo forse il momento piú pericoloso. Non fidatevi troppo nemmeno dei russi.
Perlasca fece cenno all'autista di riprendere il gonfalone e si rivolse di nuovo agli uomini radunati accanto al portone.
– Signori, finora l'ambasciata di Spagna è stata in grado di difendervi, ma ora considero mio dovere comunicarvi che il precipitare degli avvenimenti renderà piú insicura la vostra protezione. La città è circondata, il nazismo sta vivendo le sue ultime ore, non ci sono piú autorità e ancora non so a chi rivolgermi in caso di violenze. E ho paura che di violenza ce ne sarà tanta, in città. Può darsi che io non possa fare piú nulla per voi. Un mese fa vi ho chiesto di far sparire le armi: adesso vi chiedo di tenerle pronte per difendervi.
Mise una mano sulla spalla dell'uomo che aveva vicino e poi si voltò per andarsene.

– Però siamo arrivati vivi alla fine della guerra! – urlò il capocaseggiato.

Perlasca, prima di uscire dietro al gonfalone, si voltò e sorrise, salutando i bambini che si affacciavano dalle balconate del cortile interno e lo chiamavano per nome.

– Ciao Lasca! – urlò forte Eva, che era appena riuscita a infilarsi tra due uomini.

22. Vajna

Nei primi giorni di gennaio, Budapest si era trasformata in una trappola per topi, dove i topi impazzivano di ora in ora sotto il bombardamento incessante dell'artiglieria dei sovietici: mentre le armate sovietiche stringevano l'assedio della città, i capi dei nazisti ungheresi si ritrovavano nelle profondità dei sotterranei antiaerei come ratti famelici, per discutere strategie alternative e sopravvivere in caso di sconfitta.
Tra i nazisti si diffuse l'opinione che bisognasse approfittare del poco tempo rimasto per attuare l'ultima grande vendetta nei confronti degli ebrei: restavano pochi giorni per eliminarli tutti, prima che i sovietici prendessero Budapest. Anche a Perlasca arrivarono voci confuse di un piano delle Croci Frecciate per radunare tutti gli ebrei nel Ghetto Comune, servendosi anche di militari e poliziotti ungheresi.
– Ne parlano tutti, signor Perlasca, è una cosa sicura, – gli riferí Bardòs, un giovane protetto che, da quando le linee telefoniche erano diventate quasi del tutto inutilizzabili, spesso fungeva da staffetta, muovendosi veloce tra le case e l'ambasciata, sfidando le bombe che cadevano dal cielo e i posti di blocco. – Tutti gli ebrei rimasti nelle case protette dalle varie nazioni presto verranno trasferiti nel Ghetto Comune. L'hanno confermato al nostro capocaseggiato i due poliziotti che Tarpataki ci ha mandato per protezione.

– È impossibile: ci saranno ancora almeno quindicimila protetti nelle case di tutte le ambasciate. Il Ghetto Comune è già sovrappopolato e non potrà mai contenere altri uomini. Queste sono voci senza fondamento.
– Ci chiudono là perché ci vogliono uccidere tutti, fino all'ultimo, – disse con fermezza la staffetta.
– Non è possibile. E poi, con i russi alle porte di Budapest, nemmeno le Croci Frecciate possono essere cosí stupide da togliere combattenti dal fronte per un trasferimento nel Ghetto: si tratta di rastrellare migliaia di persone in decine di case, non è questione di un paio d'ore... Torna alla casa e rassicura tutti.
Quando Bardòs se ne fu andato, Jorge rimase pensieroso, in piedi davanti a quella che un tempo era stata la scrivania del vero ambasciatore del governo spagnolo. In realtà non passava ora che non si sentissero colpi di artiglieria da punti diversi della città, e non poteva escludere che il governo nazista stesse architettando qualcosa di terribile prima della sconfitta ormai imminente.
Non si capivano piú nemmeno tra tedeschi, Croci Frecciate, polizia ed esercito ungherese, in quei giorni cosí confusi e concitati...
Eppure, un uomo su cui fare affidamento Perlasca ce l'aveva: Tarpataki.
Il maggiore ungherese gli confermò che l'idea di trasferire tutti gli ebrei rimasti in città nel Ghetto Comune stava circolando in quelle ore, e che al comando di Budapest era rimasto Vajna, un folle assetato di vendetta, per cui qualsiasi ipotesi, anche la piú orribile, non era da scartare.

Il 4 gennaio cominciarono a sfilare per le strade colonne di uomini, donne e bambini, rastrellati e diretti al Ghetto Comune. Perlasca seguí il corteo fino all'entrata, guardata a vista da soldati armati, mentre le vicine vie d'accesso erano state murate.
Oltre i cancelli, un migliaio di cadaveri giacevano abbandonati lungo le strade: esseri umani uccisi dalla fame o dalle malattie, altri assassinati durante le incursioni notturne delle Croci Frecciate.
I soldati ungheresi che pattugliavano la zona sembravano disinteressarsi a quanto stava accadendo a un centinaio di metri da loro e si limitavano a osservare i prigionieri che venivano condotti là dentro.
Era la conferma della peggiore delle ipotesi. Perlasca ritornò in ambasciata, dove trovò ad attenderlo il giovane Bardòs.
– Adesso si è convinto, ambasciatore? Vajna vuole radunare tutti gli ebrei nel Ghetto per poi incendiarlo. Ormai lo sanno tutti. In due case protette ci siamo armati e siamo pronti a resistere.
Perlasca sapeva bene di quali armi erano dotati i suoi protetti e conosceva la ferocia delle Croci Frecciate e la loro organizzazione: sarebbe stato uno scontro impari, anche per numero. Magari, se qualcuno della polizia o dell'esercito ungherese si fosse alleato con loro...
– Bardòs, aspettate ancora due giorni, prima di muovervi, va bene? Proverò a parlare con Vajna.
Nel momento stesso in cui fece quella promessa, Perlasca si rese conto di quali rischi comportasse, ma almeno serví a calmare la sua giovane staffetta, che ritornò alla casa protetta.

Il giorno dopo fu Tarpataki stesso, recatosi in ambasciata, a confermargli la fondatezza delle voci sul piano d'incendiare il Ghetto e sull'arrivo imminente di aiuti tedeschi.
– È la fine, – mormorò Jorge, guardando la signora Tourné.
– Li bruceranno vivi nel Ghetto.
Nei suoi occhi c'era la visione inconcepibile di centomila esseri umani che ardevano tra le case in fiamme del Ghetto, intrappolati senza via di fuga.
Era davvero possibile affrontare il Male con la sola forza di una bugia, per quanto potente?
Quando, la mattina del 6 gennaio, Perlasca arrivò ai rifugi sotterranei del municipio, dove Vajna aveva trasferito la sede del suo comando, trovò che Wallenberg e un diplomatico svizzero erano già là, in attesa di essere ricevuti per cercare d'impedire il trasferimento nel Ghetto dei loro ultimi protetti, mentre giungeva l'eco dei colpi che cadevano intorno all'edificio.
– Hanno deciso d'incendiare il Ghetto, – li informò Perlasca, ma capí dalle espressioni degli altri due che anche loro ne erano al corrente. – Se permettete, vorrei essere io il primo a entrare da Vajna. Vorrei fare un ultimo tentativo.
Gli altri due annuirono e poi si scambiarono le ultime notizie sulla situazione della città.
– Budapest ha le ore contate, – disse Wallenberg. – L'armata tedesca non è riuscita a spezzare l'assedio e si sta ritirando, mentre i russi hanno già passato almeno un ponte e sono entrati in città, approfittando della neve e di tutta questa nebbia.
– Dalla mia finestra non si vede piú un soldato tedesco da

giorni, – aggiunse lo svizzero, abbassando la voce. – Sono spariti tutti.

Intanto Perlasca fu fatto entrare in una stanzetta accanto alla sala delle segnalazioni aeree, al cospetto del piú fanatico nazista ungherese. Vajna lo salutò, tentando di rivolgersi in tedesco a quello che credeva essere l'ambasciatore spagnolo.

Discussero per quasi due ore; Vajna cercò di negare che le Croci Frecciate volessero radunare tutti gli ebrei nel Ghetto per poi incendiarlo: proclamò che le armate tedesche erano già arrivate a dare man forte ai suoi uomini e che la riscossa era vicina.

– Anche se i russi controllano l'aeroporto, i rifornimenti vengono garantiti da un ponte aereo. Questi diavoli di tedeschi fanno atterrare i loro alianti nei nostri viali cittadini, e gli aerei da trasporto nel parco del Castello di Buda e nel campo dell'ippodromo. Raduniamo tutti gli ebrei nel Ghetto per evitare che mettano in atto azioni di sabotaggio, contro di noi o contro i nostri alleati tedeschi, che stanno ricacciando indietro i russi. Noi non pronunceremo mai la parola «resa»!

Perlasca, come aveva già fatto con Gera, lo lasciò parlare, senza interromperlo, finché aggiunse con voce pacata:

– Ormai la battaglia di Budapest è finita. Tra pochi giorni, forse ore, l'Armata Rossa dei russi arriverà fino a qui, perché ha già passato il Danubio in piú punti. Lei non può credere che arriveranno i tedeschi a salvarla: le loro armate si stanno già ritirando. Se si comporterà con onore nei confronti degli ebrei avrà a sua disposizione, appena fuori da questa porta, le diplomazie di Svizzera e Svezia, nonché quella spagnola, per agevolare le operazioni di resa.

Vajna parve pensarci un po' sopra, ma poi riprese con lo stesso tono di prima.
– Lei non conosce la malvagità degli ebrei... Però possiamo trasferire i protetti spagnoli in alcune case, appena fuori dal Ghetto.
Perlasca sapeva benissimo che, se le Croci Frecciate avessero ricevuto l'ordine di appiccare l'incendio, sarebbero morti tutti ugualmente. Accavallò le gambe, cercando di trattenere la rabbia che sentiva montargli dentro, davanti a una persona cosí odiosa. – Non posso accettare la sua proposta. I tedeschi hanno già detto che l'idea di radunare nel Ghetto tutti gli ebrei è sua. La colpa di aver bruciato vivi piú di ottantamila esseri umani ricadrà solo ed esclusivamente sulla sua testa: dovrà trovare delle buone argomentazioni per spiegare questa scelta ai vincitori.
Perlasca si era accorto che Vajna aveva avuto un tremito di paura nella voce e non era riuscito a ribattere; decise quindi di giocare la sua ultima carta.
– L'avviso che, in caso di maltrattamento dei propri cittadini (e i protetti delle case spagnole lo sono a tutti gli effetti), il governo spagnolo attuerà la propria giusta rappresaglia contro i... circa tremila cittadini ungheresi attualmente presenti sul suolo ispanico: verrà dato ordine di internarli e i loro beni saranno sequestrati. Di certo non benediranno il suo nome. Madrid sta aspettando solo un mio telegramma che riferisca l'esito del nostro colloquio, prima di agire.
Vajna ebbe uno scatto: si alzò e mandò la sedia a cadere alle sue spalle urlando: – Lei non parla come un diplomatico!
– Se è per questo, nemmeno lei si comporta come un soldato!

Tutti e due avevano perso il controllo e adesso si fronteggiavano in piedi, ai lati opposti della scrivania.
Vajna fu il primo a tornare seduto. – Chi mi assicura che gli ungheresi non verranno perseguitati in Spagna?
– Mi sembra che nessuno finora li abbia mai molestati, né in Spagna né in quei paesi dell'America Latina con cui il mio governo ha rapporti molto stretti.
Jorge si sistemò sulla sedia, in silenzio, pensando che forse gli ungheresi in Spagna non dovevano essere piú di trecento. Del resto non era la prima volta che confondeva trecento con tremila.
Perlasca uscí dai bunker del municipio senza nessun documento di garanzia, ma mostrò tutta la sua fiducia ai due diplomatici che lo accompagnarono fuori.
Il giorno dopo, il 7 gennaio, uno sbalordito Farkas ricevette all'ambasciata un incaricato di Vajna e corse nell'ufficio dell'ambasciatore.
– Che cosa vuole? – domandò Perlasca, spegnendo la sigaretta.
– Il testo di un telegramma che, secondo lui, devono spedire a Madrid, – rispose l'avvocato, pallido e scosso. – Che facciamo? A Madrid non sanno nulla del nostro accordo e di quello che stiamo facendo qui! E soprattutto non sanno chi è lei. Se ricevono un telegramma del genere faranno di sicuro saltare il nostro *bluff*!
Con calma, Perlasca stese un breve comunicato, lo fece correggere a Farkas e poi scrisse con cura l'indirizzo.

MINISTERO AFFARI ESTERI, MADRID

ATTRAVERSO AMBASCIATA SPAGNOLA DI BERNA

– Speriamo che Sanz Briz lo legga e capisca, – sussurrò Perlasca con una stretta allo stomaco. Infilò con attenzione il foglio in una busta, da consegnare al soldato che attendeva al piano terra.
Il 13 gennaio inaspettatamente arrivò a Vajna, direttamente da Madrid, una risposta ufficiale, che ringraziava e assicurava.

23. I sovietici a Budapest

Il 16 gennaio del 1945 a Budapest si sparava da ogni casa. Persino il sottosuolo era teatro di combattimenti: lungo i cunicoli delle fogne, tedeschi e sovietici spostavano le loro truppe per prendere di sorpresa il nemico, e gli scontri in quelle gallerie buie erano violentissimi.
Chi poteva si nascondeva nelle cantine dei palazzi: alcuni ebrei vi si erano persino fatti murare, per evitare che i tedeschi o i nazisti ungheresi li fucilassero proprio gli ultimi giorni di guerra. Molti soldati ungheresi cominciarono ad arrendersi.
Dalla strada saliva un rombo minaccioso. Di colpo apparvero, dietro all'angolo della via dell'ambasciata, i primi carri armati sovietici, con le marmitte che emettevano rumorose nuvole di fumo nero, mentre con i loro cingoli passavano sopra a ogni ostacolo e le torrette ruotavano, prima di far tuonare il lungo cannone che sporgeva in avanti.
In tutto il quartiere non c'era piú un solo tedesco, ma si sentivano le raffiche delle mitragliatrici sovietiche spazzare via Eötvös, e i proiettili che rimbalzavano contro i muri degli edifici. Un soldato sovietico ripeteva con un megafono in un ungherese stentato: «Stiamo arrivando, tenete duro, resistete ancora un poco».
Farkas scese nella sala con un foglio battuto a macchina e

radunò tutto il personale dell'ambasciata rimasto. Era molto teso, nervoso: a ogni colpo di fucile che proveniva dall'esterno si guardava intorno, ma non voleva mostrare paura. Propose a tutti di firmare un documento scritto in francese, che lui chiamò «solenne dichiarazione di riconoscenza».

Farkas era uno dei pochi a sapere che Perlasca non era mai stato ambasciatore o viceambasciatore – in realtà non era mai stato nemmeno spagnolo. L'entrata dei sovietici a Budapest lo avrebbe costretto a tornare a essere un semplice italiano, perso dentro a una guerra terribile e confusa: un documento scritto che attestava i suoi meriti gli sarebbe stato utile per uscirne vivo.

– Ecco, questa è la lettera di ringraziamento di tutti noi. Con la speranza che possa servirle con i russi, – Farkas raggiunse Perlasca accanto al caminetto e gli porse il documento. – Tutti hanno firmato volentieri.

– Anche lei crede che le disgrazie non siano ancora finite?

Farkas lo guardò, mentre raccoglieva un fascio di documenti compromettenti e li gettava nel fuoco.

– Lei non sa di cosa sono capaci i russi, Perlasca. Non faranno grandi distinzioni tra tedeschi, nazisti, ungheresi, italiani, spagnoli... per loro siamo tutti nemici e spie.

– Ha già fatto raccogliere tutte le bandiere spagnole?

– Sono giú in giardino, pronte per essere bruciate, e ho già fatto esporre quella svedese, che i russi riconoscono. So che alcuni protetti ne hanno preso un piccolo ritaglio, per ricordo, ma io non ne ho avuto il cuore: mi sembra un'offesa.

– Allora mi dia una mano a far sparire un po' di carte, prima che arrivino i russi, – Perlasca ravvivò il fuoco nel caminetto,

mandando un piccolo sciame di scintille su per la canna fumaria. I colpi dell'artiglieria si erano fatti piú potenti e alcuni esplodevano a poche centinaia di metri da loro.
– Facciamo presto e mettiamoci al riparo con gli altri, in cantina, – disse Farkas, mentre una parte della facciata di un palazzo vicino si sbriciolava sul marciapiede. Perlasca nascose in una tasca interna il passaporto spagnolo e la tessera diplomatica, preferendo tenere a portata di mano il documento in russo che lo qualificava come italiano, fedele al governo del Re, e scese dietro all'avvocato.
Intanto i sovietici stavano allestendo una postazione di artiglieria proprio nella via di fronte e il comando nella portineria del palazzo dell'ambasciata.
Quei soldati che qualche ora prima erano stati salutati allegramente dai protetti con il grido di «*Szervusz!*», ora si aggiravano armi in pugno per le stanze e i corridoi della sede diplomatica, scrutando minacciosi Farkas, Perlasca e tutti gli altri.
Nelle cantine del palazzo si erano uniti ai protetti spagnoli anche gendarmi, funzionari di altre sedi e persone comuni, che cercavano protezione nel momento piú incerto e confuso della guerra. Nessuno sorrideva piú. Ognuno aveva trovato per sé un angolo dove stare seduto o un pezzo di muro a cui appoggiarsi: gli sguardi bassi, il corpo che sussultava a ogni nuovo colpo di cannone o all'eco delle raffiche di mitragliatrice, che arrivava fino all'interrato.
Quando una donna provò a uscire dalla cantina, il soldato con il mitra le fece cenno di tornare dentro, puntandole addosso l'arma.

– Piú che liberati credo che siamo prigionieri, – sussurrò Farkas, passandosi una mano sul viso sudato.

Il rombo piú forte di un'esplosione fece tremare il palazzo dalle fondamenta: i tedeschi avevano centrato la postazione dei cannoni sovietici.

Perlasca estrasse velocemente il passaporto e la tessera diplomatica dalla tasca interna e, insieme ad altri documenti compromettenti, l'infilò nel piccolo fornello che serviva a cucinare, in un angolo della cantina, appena un attimo prima che i sovietici scendessero, urlando e picchiando tutti.

– Nazisti, nazisti! – furono le uniche parole comprensibili, prima che tutti cominciassero a urlare.

Uno dei funzionari che avevano trovato rifugio all'ultimo momento indicò Perlasca al sergente, il quale lo raggiunse di corsa urlando e spingendo lontano chiunque si trovasse sul suo cammino.

Perlasca si voltò verso una vecchia, che parlava il russo e lo spagnolo, ma prima di riuscire a dire una sola parola, fu colpito col calcio della pistola, sul viso e sulla testa.

Il sergente gliela infilò in bocca e sparò a vuoto tre volte, prima di colpirlo ancora con l'arma che evidentemente era scarica.

– Dice che siamo nazisti e abbiamo comunicato ai tedeschi dove sono i cannoni, – piagnucolò la donna, cercando di evitare i colpi che i soldati stavano distribuendo a tutti, inclusi bambini e donne.

Perlasca cercò di spiegare che non avevano una radio e da giorni mancava l'elettricità, mentre un rivolo di sangue gli colava dalla guancia.

– Non ne sappiamo niente, siamo sempre rimasti qui in questa cantina! Non abbiamo avvisato nessuno!
Allora un soldato scaricò ai piedi dei due una cassa, contenente alcune pistole perfettamente conservate.
– E queste? – il sergente sovietico sembrava impazzito, mentre i soldati puntavano i fucili contro le teste dei rifugiati.
– Queste erano nascoste nel carbone. Adesso vi fuciliamo tutti, come traditori e spie, amici dei nazisti!
– I nazisti hanno cercato di ucciderci tutti! – urlò Perlasca. Poi, ritornando piú calmo continuò: – Questa è una collezione di armi di un diplomatico che è fuggito. Se scavate ancora nel mucchio del carbone, troverete un'altra cassa, con pistole antiche. Non sono nostre. Non abbiamo nemmeno le munizioni. Farkas, glielo spieghi lei!
L'avvocato era pallidissimo e sudato, con dei lividi sul viso e il naso sanguinante, sul punto di avere una crisi di nervi. Con la canna di un fucile che gli premeva contro la tempia cominciò a spiegare lentamente, cercando con attenzione le parole piú adatte e offrendosi di mostrare dove era nascosta la seconda cassa. Appena venne aperta, i sovietici si calmarono; quando Perlasca mostrò loro il luogo dove riposavano le ultime bottiglie di liquore, si rilassarono del tutto. Intanto, Jorge cercò con lo sguardo Farkas, ma non lo vide tra i visi tesi degli altri.
Malgrado il rumore dei colpi che continuava ad arrivare dall'esterno, l'atmosfera si rasserenò. Mentre i sovietici tornavano di sopra, il portinaio avvisò Perlasca che Farkas era riuscito a fuggire, nella confusione che si era creata, assieme a due gendarmi, e che probabilmente aveva raggiunto un rifu-

gio piú sicuro passando per i tetti. Perlasca si lasciò scivolare su una sedia malferma, con un sospiro di sollievo.
Anche il buon avvocato Farkas, come il Ragazzo Saltatore, cercò sui tetti la salvezza e la vita, ma vi trovò la morte. Lo scoprirono il giorno dopo. Nel suo caso non ci fu nessun colpo di fucile: fu sufficiente calcolare male la distanza di un salto, il pendio di un tetto, la tenuta della suola delle scarpe sulle tegole ghiacciate, per precipitare giú e finire sfracellato nel piccolo cortile di una casa vicina, con gli occhi pieni di paura per la crudeltà degli uomini e il cuore incapace di comprenderla.
La mattina dopo, il 17 gennaio 1945, un reparto di fanteria sovietica prese possesso del palazzo, i soldati ubriachi cominciarono a sfasciare tutto e a sparare contro i mobili e i passanti; alcuni di loro cercarono di catturare le ragazze che si nascondevano o le donne che erano uscite dai rifugi. Poi la situazione si calmò.
– È il momento di andarsene via da qui, – disse Perlasca, rivolgendosi a quelli che erano rimasti nel palazzo di via Eötvös. – La battaglia si è spostata. Buona fortuna a tutti.
In pochi minuti, quasi tutti abbandonarono l'ultimo rifugio e si dispersero per le vie della città, cercando di sopravvivere ancora un altro po' fino alla pace definitiva, fino al ritorno alla normalità. La signora Tourné e il giovane Gastone abbracciarono Perlasca, ma scelsero di restare là, assieme alla famiglia del portiere.
Appena fuori, Jorge si mise a correre rasente i muri, senza guardarsi indietro, cercando di non pensare a niente; attraversò strade costellate di cadaveri e crateri lasciati dalle gra-

nate, con davanti agli occhi solo l'immagine di casa sua, a Trieste. La notte la passò nell'appartamento di un sarto italiano e la mattina dopo era di nuovo in fuga: corse, stringendo al petto il poco che ancora gli restava, finché non sentí il colpo di un cecchino sovietico, che colpiva il muro sopra alla sua testa. Si gettò al riparo di un muretto sbrecciato, dove due gradini portavano a uno sportello di ferro, mentre un secondo colpo rimbalzava contro il selciato. Dopo qualche minuto, da lí sotto, con la borsa sollevata a ripararigli la testa, provò a guardare.

Un vecchio, dall'altra parte della strada, non aveva avuto la sua stessa fortuna: adesso era steso a terra, con il corpo scosso dagli ultimi tremiti.

Rimase fermo lí forse un'ora o anche piú: non aveva un orologio e il cielo del primo pomeriggio sembrava immobile, di un grigio uniforme e annoiato da quello che capitava nella città sottostante, ancora percorsa da spari ed esplosioni.

Una pattuglia di soldati si avvicinò al suo nascondiglio e gli ordinò di uscire, puntandogli addosso i fucili: non riuscí a capire cosa gli stavano dicendo, ma non sembravano ubriachi. Tenendo le mani alzate sopra alla testa, mosse le gambe anchilosate per uscire dal suo riparo e mostrò il suo documento; uno di loro gli fece capire che era in arresto e gli indicò un gruppo di ungheresi che, sorvegliati da alcuni soldati, scavava nei cumuli di neve e sgomberava le strade dai cadaveri gelati. Perlasca cominciò il suo nuovo lavoro avvicinandosi al corpo del vecchio che aveva visto morire sull'altro marciapiede.

I cadaveri erano stati ordinatamente impilati accanto a un lampione. La guardia gli fece allora cenno di raggiungere un gruppo di prigionieri che era intento a sgomberare le macerie di un edificio sventrato, dall'altra parte dell'incrocio; Perlasca s'inchinò obbediente e si diresse verso di loro, ma appena attraversata la strada, passando dietro a un alto cumulo di neve, sparí.

Dopo essere riuscito a sfuggire ai lavori forzati si nascose, finché la sua posizione non si chiarí e ottenne un documento che gli permetteva di lasciare l'Ungheria. Quando fu il momento di partire (era il maggio del 1945), la stazione ferroviaria di Budapest era stata riaperta; arrivò al binario accompagnato da alcuni amici, e là trovò una piccola folla, gente accorsa per dirgli addio. Constatò con tristezza che, tra i tanti visi attorno a lui, mancava quello di Tarpataki, il capo della polizia politica del quartiere del Ghetto Internazionale; tante volte i due uomini si erano incontrati nei giorni piú pericolosi di quegli ultimi mesi, cercando in tutti i modi di salvare altre vite. Perlasca sperava con tutto il cuore che la lettera che aveva recapitato un paio di mesi prima ai sovietici fosse stata utile per salvare la vita a quell'uomo. Tarpataki aveva usato la propria divisa per far del bene: aveva rischiato di persona per strappare dalle mani dei suoi stessi colleghi gli ebrei arrestati e aveva tenuto lontani i nazisti dalle case protette in piú occasioni – esistevano testimoni che avrebbero potuto confermarlo. Ora, con l'arrivo dei sovietici, quell'ungherese coraggioso rischiava di nuovo la propria vita a causa della divisa che indossava. La mancanza di notizie alimentava in Perlasca i pensieri piú cupi.

Per un po' rimase fermo vicino al treno in partenza: era dimagrito tantissimo e il viso era cosí pallido che sembrava fosse ammalato. Alcuni lo chiamavano «Jorge», altri «Lasca», o «signor Perlasca»; era apparso persino un articolo sul giornale con la notizia della sua partenza. Lo abbracciarono in tanti e lui sorrise appena, confuso e stanco, incespicando su alcune macerie che erano state raccolte in un angolo.

Qualcuno alle sue spalle scattò una foto; uno degli inquilini di Piazza Santo Stefano gli consegnò un biglietto, ma lui era troppo emozionato per leggerlo davanti a tutti. Alzò la mano per salutare, si voltò per l'ultima volta e s'incamminò verso i vagoni, solo con la sua valigia semivuota in una mano e il cappello in testa. Per le persone radunate lungo il binario era arrivato il momento di dirgli addio, ma l'emozione li rendeva incapaci di muoversi: restarono a guardarlo svettare sopra a tutte le altre persone che camminavano lungo il binario, finché non sparí.

Una coppia, ferma davanti al predellino del vagone, cercava tra la folla la causa di tanto rumore.

– Ma sei sicura? – chiese l'uomo.

– Sí, è sul nostro stesso treno, ti dico! L'ambasciatore di Spagna! Tutta quella gente è qui per lui, ma non riesco a vederlo, – si lamentò lei.

– Figurati se prende questo treno. Avrà una carrozza speciale, con le bandiere e i gendarmi... Credi che un diplomatico possa viaggiare come tutti noi?
– Permesso, – chiese gentilmente Giorgio Perlasca, salendo sul treno che lo avrebbe portato a Bucarest. Da lí avrebbe raggiunto Sofia e poi Istanbul, per imbarcarsi finalmente per Napoli. Da quel momento non ci sarebbe stato piú nessun Jorge Per Lasca.
Sprofondato nel sedile, guardò la stazione sventrata e la gente che salutava dal marciapiede. Quando il treno si mosse, senza farsi notare dagli altri passeggeri, lesse il biglietto che gli avevano consegnato.
«Signore,
è con dispiacere che apprendiamo che lasciate l'Ungheria per rientrare in patria. In questa occasione vorremmo esprimervi l'affetto, la riconoscenza e la stima di migliaia di ebrei, che si trovavano sotto la protezione della legazione di Spagna.
Non dimenticheremo mai che avete lavorato instancabilmente, giorno e notte, perché fossimo alloggiati e sfamati, con una tenerezza che non riusciamo a esprimere con le parole.
Non dimenticheremo mai che tante volte avete incoraggiato chi aveva perso la speranza e avete sempre agito nel nostro interesse con la piú grande saggezza, il piú grande coraggio, anche quando la nostra situazione era veramente disperata.
Sappiamo che molte volte avete rischiato la vostra vita per salvarci dalle mani degli assassini.
Il vostro nome sarà sempre ricordato nelle nostre preghiere e pregheremo Dio che vi benedica, perché è solo Lui che può ricompensarvi.

Vogliate, vi preghiamo, conservare il nostro ricordo con quell'affetto che noi abbiamo per voi».

Si permise un sorriso e un sospiro, poi guardò fuori dal finestrino. L'avventura a Budapest finiva lí, in quel preciso istante; adesso cominciava quella del ritorno a casa.

A ogni fermata del treno una donna anziana, con la testa bassa, piangeva sommessamente e continuava a pregare Dio che i sovietici non la facessero scendere dal treno; lui, invece, scendeva in fretta per cercare di barattare qualcosa con un po' di cibo, mercanteggiando con la gente che aspettava lungo il binario. Camicie, cravatte... il suo bagaglio diventava sempre piú leggero, quasi inesistente.

Quando, una decina di giorni piú tardi, il treno arrivò a Edirne, Perlasca chiese all'uomo che gli sonnecchiava accanto: – Siamo in Turchia?

L'uomo rispose di sí, ma lui ripeté la domanda anche alla coppia d'italiani che avevano viaggiato con lui, a un ragazzo che parlava un po' di turco, poi a una signora mezza addormentata, e la ripeté a chiunque lo stesse guardando.

– La prossima fermata è Istanbul, – lo rassicurò un tale, mentre la donna che aveva pregato per tutto il viaggio alzò le mani al cielo.

Allora lui scoppiò a piangere, senza riuscire piú a fermarsi. Poi gli venne da ridere.

– Non ho un soldo, non ho nemmeno piú camicie da vendere, ho fame... ma sono vivo!

Anche i suoi compagni di viaggio risero, guardando dal finestrino il futuro che si avvicinava.

24 settembre 1989

Oggi, appena fuori Gerusalemme, un piccolo albero sta per essere piantato all'interno dello *Yad Vashem*, nel Giardino dei Giusti, in onore di uno di loro. Giorgio Perlasca, come si legge sulla targhetta.

Una leggenda del Talmud racconta che Dio non distrugge il mondo, anche se pieno di gente malvagia, perché in ogni momento della Storia dell'Uomo vivono sulla Terra trentasei Giusti: sono uomini e donne che semplicemente non sopportano le ingiustizie. Nessuno conosce i loro nomi e nemmeno loro sanno di essere Giusti. Non sono eroi che vogliono cacciare tutto il Male dalla faccia della Terra, ma si accontentano di realizzare piccole cose, anche a rischio della propria vita. Non cercano il merito, non cercano la gloria.

A loro viene dedicato un albero: una vita in cambio delle vite che hanno salvato.

L'aria di settembre è percorsa da un profumo particolare, mentre il piccolo albero riceve l'ultima palata di terra. Solo lui lo sente, fin dentro al suo tronco, che da oggi in poi si farà sempre piú robusto e forte: le sue radici affonderanno nella terra, decise a resistere, a non mollare, a mantenere il ricordo di quello che è stato.

Helga si avvicina alla terra smossa, in attesa come tutti gli

altri. Alla fine, il falso ambasciatore spagnolo è stato scoperto e adesso è lí, vicino a loro, che non sa dove mettere le mani e sfiora con le dita il risvolto della giacca. C'è voluta la cocciutaggine di Eva e di suo marito, che lo hanno cercato per tanto tempo, per riuscire a scovarlo nella sua casa di Padova, quando tutti se lo immaginavano in Spagna.
Giorgio Perlasca era invece riuscito a raggiungere Trieste, aveva finalmente riabbracciato la moglie Nerina e, piano piano, pezzo dopo pezzo, aveva cominciato a reinventarsi una vita. Quello che un tempo, in Ungheria, veniva chiamato «Jorge», o «Lasca», o «signor ambasciatore», una volta tornato in Italia aveva scoperto di essere stato licenziato dalla ditta nella quale era impiegato, perché non si era presentato al lavoro. Ogni tentativo di spiegare era stato inutile: il suo posto lo avevano già assegnato a qualcun altro.
Anche se soltanto pochi mesi prima sarebbe sembrato impossibile, la vita aveva ripreso a scorrere con la sua normalità, fatta di piccole preoccupazioni e gioie. Provò tantissimi mestieri: divenne un ispettore dell'azienda del gas, poi di nuovo un disoccupato e poi il direttore di un ristorante *self service*. Si preoccupò quando i soldi sembravano pochi e si rallegrò quando nacque suo figlio Franco. Era un uomo che al bar scherzava con gli amici, giocando a carte, e a cui piaceva chiacchierare, ma che aveva deciso di non parlare piú di quello che gli era successo durante la guerra.
Eva lo ha trovato e gli ha portato dei regali dall'Ungheria, gli unici oggetti di famiglia che è riuscita a salvare dalla guerra: una tazzina e il piccolo medaglione che ha sempre portato al collo. Perlasca non li voleva nemmeno accettare: – Sono

ricordi troppo importanti, è tutto quello che ti resta della tua famiglia, non posso. Sono per i tuoi figli e i tuoi nipoti.

– È per questo che voglio che li tenga lei! – ha risposto Eva.

– Se non ci fosse stato un finto ambasciatore spagnolo, oggi io non avrei né figli né nipoti.

Cosí, da quel giorno, la famiglia Perlasca, i suoi vicini e tutto il mondo hanno saputo della grande bugia che ha salvato migliaia di persone in Ungheria.

Giorgio ha gli occhi bassi; impacciato e commosso per la folla che si è radunata per rendergli onore, osserva il piccolo albero. Si schermisce, insistendo che non ha fatto niente di speciale e che un altro al suo posto avrebbe fatto lo stesso. Li guarda tutti, ma non riconosce in quei visi nessuno dei bambini di allora: sono ormai uomini e donne.

Moshe non si occupa piú di renne gialle e blu, ma è veterinario in Africa in una riserva creata per proteggere giraffe e grandi erbivori.

La vecchia signora della casa di Santo Stefano, quella a cui avevano rubato le scarpe, si è trasferita qui con il figlio, a coltivare il deserto e a renderlo un posto migliore per vivere.

Una delle ragazze di via Pannonia, che per due anni non aveva visto nemmeno un pizzico di zucchero raffinato, è diventata una pasticcera inglese famosa per la miglior torta Dobos della città e per le sue rose rampicanti, di cui va particolarmente fiera.

Tobia, che tornando dalla stazione aveva suonato il tambu-tambu-tamburò, adesso ripara almeno metà dei rubinetti rotti di una piccola città nella campagna in Argentina, e una bambina, che è sopravvissuta murata in una cantina, per la fine della scuola ha comprato a suo figlio un cucciolo di Beagle.

Le migliaia di vite salvate da Perlasca si sono sparse come petali di fiore per il mondo, a continuare le proprie esistenze, a inventare altri sé, perché ancora vive; forse ripensando al buio terribile che si erano lasciate dietro alle spalle, hanno visto anche la luce di quegli occhi chiari e il sorriso del falso ambasciatore di Spagna.

Helga ha sposato un pittore ungherese incontrato in Francia e ne è diventata la fonte assoluta d'ispirazione; insieme sono andati a vivere negli Stati Uniti, anche se ogni tanto ritorna l'incubo di essere gettata nelle acque gelide del Danubio. Si guarda attorno e ha l'impressione che accanto a lei, tra i vivi, siano arrivate anche le ombre di quelli che non ci sono piú: c'è Stanislav, il Ragazzo Saltatore a cavalcioni di un ramo basso; il signore che ha raccolto adesso un piccolo sasso nero forse è lo stesso uomo che è stato buttato giú dal quinto piano di via Foenix; quella in piedi, in una chiazza d'ombra, è sicuramente Kinga, aggrappata alla mano del padre. Dietro alle sue spalle tanti visi, alcuni chiari, altri un po' sfocati, che tremano al vento che arriva dal mare.

Helga oggi è qui per ricordare la persona che l'ha salvata, ma non può dimenticare Stanko, Kinga e le migliaia di scarpe che sono rimaste allineate lungo la riva del Danubio.

Non vuole dimenticare.

Non dimenticate nemmeno voi.

Giorgio Perlasca
Como 31 gennaio 1910-Padova 15 agosto 1992

Cari ragazzi,
attraverso questo libro conoscerete la figura, ma soprattutto l'esempio di vita, che ci ha lasciato Giorgio Perlasca. Sono oramai trascorsi settant'anni dalla tragedia della Shoah e può sembrare un fatto lontano nel tempo, quasi da libro di Storia! Allora perché ricordare questa vicenda?
Un primo motivo lo dà proprio Giorgio Perlasca con una risposta al giornalista Giovanni Minoli, che lo intervistò nel 1990 per la trasmissione televisiva *Mixer*: – Vorrei, – disse, – che i giovani s'interessassero a questa mia storia unicamente per pensare, oltre a quello che è successo, a quello che potrebbe succedere, e saper opporsi, eventualmente, a violenze del genere.
Esiste un bellissimo racconto appartenente alla tradizione ebraica, secondo il quale sulla Terra, in ogni epoca, vivono sempre trentasei Giusti; nessuno sa chi siano, e nemmeno loro sanno di esserlo, ma, quando il Male sembra prevalere, escono allo scoperto e si caricano sulle spalle il destino di tutti. Questo, dice la tradizione, è uno dei motivi per cui Dio non distrugge il mondo.
Giorgio Perlasca fu un *Giusto*.
Se non fosse stato per alcune donne ebree ungheresi che lo rintracciarono alla fine degli anni Ottanta, la sua storia si

sarebbe persa per sempre. Sino a quel momento nemmeno io ne sapevo nulla; sapevo, sí, che mio padre era stato in Ungheria e che aveva visto delle cose terribili, perché ogni tanto qualche episodio, in famiglia, lo raccontava, ma nulla di piú. Mai avrei immaginato fosse stato il protagonista di un'incredibile impostura, che l'aveva portato a vestire i panni di un ambasciatore spagnolo (lui che non era né diplomatico né spagnolo!) e grazie alla quale era riuscito a salvare da sicura morte oltre cinquemiladuecento ungheresi di religione ebraica, oltre a contribuire in maniera decisiva a salvare dalla distruzione il Ghetto della capitale, dove erano rinchiuse a morire di fame e di freddo oltre sessantamila persone.

Quindi la sorpresa fu enorme, il pomeriggio in cui i coniugi Lang arrivarono all'appartamento di via Marconi 13, a Padova. Il ricordo di quell'incontro, a distanza di tanti anni, mi emoziona ancora. Quando i signori Lang arrivarono, mio padre uscí sul pianerottolo ad accoglierli; Eva e Pal si bloccarono a metà scala, con le lacrime agli occhi, dicendo: – Ci sembra di rivederla sulle scale mentre fermava i *Nylas* [le Croci Frecciate] che ci volevano portare via! – Raccontarono poi la loro storia, e io cominciai a capire che mio padre, tanti anni prima, aveva salvato quella famiglia; ma piú il discorso procedeva, piú mi sembrava di capire che in quei fatti erano coinvolte altre centinaia, migliaia di persone. Entrai in crisi, pensando: «Se capisco bene il significato di questa storia, ho vissuto per trent'anni con una persona di cui non conosco nulla!».

Mi resi conto che era tutto vero quando la signora volle consegnare a mio padre tre oggetti, gli unici ricordi di famiglia

salvati dal disastro della guerra. Mio padre non voleva prenderli, e diceva alla signora che avrebbe dovuto tenerli lei per darli poi ai figli come ricordo di famiglia; la signora Lang replicò: – Signor Perlasca, li deve tenere lei, perché senza di lei noi non avremmo avuto né figli né nipoti –. I tre oggetti (un cucchiaino, una tazzina e un piccolo medaglione) ora li conserviamo noi con un'attenzione e un amore molto particolari.
Da quel giorno, la storia di mio padre divenne pubblica: Israele, Ungheria, Spagna, Stati Uniti e Italia gli conferirono importanti riconoscimenti; a Gerusalemme un albero lo ricorda sulla Collina dei Giusti. Altre prestigiose istituzioni lo premiarono in tutto il mondo. Eppure il «premio» cui teneva di piú era una piccola targa assegnatagli da una scuola media alla quale aveva portato la sua testimonianza. Vi era scritto: «A un uomo cui vorremmo assomigliare».
Vennero giornalisti a intervistarlo, uscí un libro, la prima trasmissione televisiva sulla Rai. La sua vita cambiò, perché girava l'Italia e il mondo, ma rimase la persona tranquilla e serena di sempre, anzi: era anche un po' stupito di tanta notorietà. A chi gli chiedeva perché lo avesse fatto, quando avrebbe potuto andarsene tranquillamente in Svizzera e lí attendere la fine della guerra, rispondeva con disarmante semplicità: – Ma lei cosa avrebbe fatto, al mio posto, vedendo persone innocenti massacrate senza motivo?
Alla domanda: – L'ha fatto perché cristiano e credente? – la sua risposta fu immediata e secca: – No, l'ho fatto perché sono un uomo! – intendendo con ciò che alcuni valori sono patrimonio comune, di tutti, al di là della religione d'appartenenza.

Era una persona normalissima che all'epoca si trovava in Ungheria per motivi di lavoro; eppure, quando vide le sofferenze altrui, non si voltò dall'altra parte e seppe dire «NO!», anche a rischio della propria vita. La sua vicenda insegna che ciascuno di noi, se vuole, può sempre fare qualcosa per opporsi al Male.

Franco Perlasca

Indice

CARTA
BIANCA

Pina Varriale, *L'ombra del drago*

Elena Peduzzi, *Senso zero*

Davide Morosinotto, *Il Libero Regno dei Ragazzi*

Guido Sgardoli, *Demoni e predoni*

Michela Turra, *Il mondo nel palazzo*

Mario Pasqualotto, *L'estate delle falene*

Alessandro Gatti, *Quaranta gradi*

Elena Peduzzi, *Rachele, la rossa*

Zita Dazzi, *Luce dei miei occhi*

Barbara Baraldi, *Un sogno lungo un'estate*

Elisa Puricelli Guerra, *Cuori di carta*

Mario Corte, *Serie A*

Tommaso Percivale, *Ribelli in fuga*

Pierdomenico Baccalario, *Lo spacciatore di fumetti*

Lorenza Bernardi, *In punta di dita*

Luca Cognolato e Silvia del Francia, *L'eroe invisibile*

Finito di stampare nel mese di gennaio 2014
per conto delle Edizioni EL
presso Grafica Veneta S.p.A., Trebaseleghe (Pd)